青春阅读　幸得相见

大鱼

有爱的青春陪伴者

扫二维码
《春风别对我动心》有声小说免费试听

春风别对我动心

笙歌／著

chunfeng
biedui
wodongxin

笙歌

S H E N G G E

小花阅读签约作者

内心戏丰富 ，面部表情少，展示心理全靠表情包。
爱好多变，就像音乐播放器里的东西很杂。
无可救药的懒，对事对人都是间歇性热情。
很矛盾，希望生活平顺，但也渴望出现波澜。
偶尔会有想流浪世界的念头。

已出版作品：《春风拂我》《弥弥之樱》

作者简介

作者前言

小时候我很爱看电视，动画片、武侠剧、偶像剧……反正只要能允许我坐在电视机前，给我看什么我都可以很开心。

然而，我没有成为一个快乐的“电视机儿童”。

因为本儿童的首要任务不是看电视，而是学习。

我妈对我说，你是学生，就得认真学习，将来长大工作了，我才懒得管你看多久的电视。

是不是觉得这句话有点耳熟?

因为这话，我小时候的愿望是，长大了买一台电视机，一天 24 小时开着。

长大了要看很久电视，长大了要玩通宵电脑，长大了要吃很多冰激凌，长大了要睡不会被叫醒的懒觉……

于是，小时候的我轻描淡写地许下了很多个长大之后的愿望。

但是呢，现在的我不需要这些小时候觉得很幸福的东西了。

也不是说不需要，是那时候能让我开心一下午的很了不起的事情，现在已经变成了我随时都能拥有的微不足道的小事。

它们带给我的快乐，没有那么多了。

我高中政治老师说：“人，要在每一个阶段，做他该做的事情，也要做他想做的事情。”

这句话呢，她在我高一的时候说过一次，那会儿是为了让我好好学习，提高成绩。

我上次回高中母校，她看到我的时候又对我说了一次，是在知道我仍然是一只光明磊落的“单身狗”之后，为了让我赶紧想办法谈恋爱结婚生子，完成人生大事。

所以你看，汉语真是博大精深，同样一句话，什么语境情况下都能用一用，还能表达出多种意思。

哎，我为什么要说这些？

可能是在写这本书的时候，想起以前，记起那么多想做但是没做的遗憾，就单纯地缅怀一下吧。

好吧，说回这本书。

写这本书时，我不断地回忆着我的高中生活。

具体细节很模糊了，只记得每天有写不完的作业，以及和好朋友重复着和好跟闹别扭这两件事，一天两次的眼保健操，食堂的饭菜其实很好吃，天再冷也不穿秋裤。

这些想到就很活泼的时光离我已经很遥远，远到毕业合照都泛黄。

但是，请相信我，我是怀着全部的少女心在写它！

这本书里面，有我见过的人，也有我从别处听来的人，总之，很多不同性格的人杂糅在一起。希望看书的你会觉得他们有那么一丢丢眼熟。因为这样子，至少证明我没把高中生角色们写垮台。

故事里稍微带着我那么一点点的小私心，因为我想把我所有喜欢的品质全都放在陆两两身上。

我希望，即便她这只小喵咪在经历生活一轮又一轮磨难之后，仍然可以客观地认识自己，不慌张不自怜，怀有期待地朝好的方向改变。

我希望，她在长大的过程中可以多认识下世界，但不失去热爱生活的能力。

我希望，你是这样子的陆两两。

最后，祝你在努力学习的时候，也不要忘记留心一路的沿途风景。

学习很重要，但构成生活的要素，不仅仅是学习。

那么，希望你的高中生活，或者未来的高中生活快乐开心呀。

笙歌

目录
CONTENTS

目录

CONTENTS

Chapter 1

落花有意转校生，铁壁铜墙顾律己。

陆两两日记：

2013 年 8 月 19 日

全世界最忙的三个字——顾律己。

顾律己读后感：

2020 年 2 月 15 日

哟，陆两两，原来我这么早就在你日记里出镜了啊。

1

“学姐，学姐，学姐。”

身侧的玻璃窗被人轻叩三下，让陆两两从知识的海洋里上了岸。

她没停手，快速写完《王后雄》轨迹方程专项训练的最后一道大题，才直起背，微抬头看着逆在光晕里的人。

来人是刚军训完的高一小学妹，身上套着肥大的迷彩服，汗津津的。

“有事？”

这几天，来高三（7）班晃悠的小学妹络绎不绝，而陆两两也经常用这两个字来问她们。

小学妹嘿嘿一笑：“我来给顾学长送点东西。学姐给我指下顾学长坐哪里好不好？”

陆两两点头，捏着笔杆虚指着教室里唯一那张干净到显眼的书桌。

“喏，桌上没放书的那张就是了。”

转入新学校的第五天，她做得最熟练的事情就是帮人找到顾律已的桌子。

有时她甚至想，如果字典收录“顾律已”这三个字的话，可以定义成：身高脸帅的男性生物，引发女生荷尔蒙冲动的原罪，多数家长望女成凤的道路中遇到的最大挑战，没有之一。

顺着她指着的方向看过去，小学妹浮夸地“哇唔”一声：“顾学长连桌子都那么与众不同呀。”

“对啊，全班就数他桌面最整洁。”陆两两凉凉地应着。

班里除了顾律已的书桌，其他桌上全都摞满了书，摞成一道道足以阻挡来自讲台上的目光的书墙，连教室狭窄的过道上，也放着同学们凭个人喜好安置的整理箱，里面装满了参考书和试卷。

挂在天花板上的风扇转得吱嘎吱嘎响，风吹得纸张哗啦啦作响，看上去像是个凌乱的旧书市场。

速度地理好东西，陆两两坐在位置上等着。

她今天是最后一个离开教室的，得负责关好门窗。

只见小学妹走到顾律己的座位前，面容虔诚地从书包里拿出一个升降底座和一面锦旗。锦旗比学校里发的“流动红旗”稍微大一些，上面写着“育德中学宇宙级门面担当”十一个镏金大字，金灿灿的，很吸引眼球。小学妹麻溜地把锦旗架在底座上，下一秒，这面锦旗就在顾律己的桌子上冉冉升起了。

陆两两很怀疑，这份金光闪闪的爱，十七岁的顾律己承不承受得了。

夏日带着余温的微风里，锦旗在顾律己的座位上骄傲地飘扬。

小学妹得意地叉腰，跟陆两两解释送锦旗的用意：“我关注的微博大V说，如果有人在她微博评论下发出的帅哥照片被点赞最多，就送1000元。”她神情中还带着自豪，“这种事情肯定要贡献出顾学长的照片，于是我就轻松拿第一了！为了表示感谢，我决定送锦旗给顾学长。上面的题字是我一个朋友帮忙想的。希望以后他继续争气，越来越优秀，才不枉费我用一场青春喜欢他。”

说完又重重地点头，给这场祝福予以肯定。

陆两两收起错愕："听起来'不明觉厉'。那你下周一早上，来不来我们班检验一下顾律己查收锦旗时的心情？"

她很期待那时候的场面。

"唉……早自习不能偷溜出来。"说到这个，小学妹略有些羡慕，"真羡慕学姐能和顾学长朝夕相处。每天都能看到顾学长，学习也会有动力吧？"

"没有。是我自己热爱学习，心无旁骛。"陆两两澄清了学习初衷，继续说，"不过，你喜欢的顾学长确实很受欢迎。你多加油啊。"

"哎呀，追到是意外之喜，追不到是命中注定。放心吧，学姐，我看得很开的。"小学妹无所谓地摆摆手，眼神却透着一道光亮，"我只是感谢顾学长的存在，让我知道喜欢一个人是很开心的事情。"

颜值使人盲目，爱情使人瞎了眼。

陆两两在脑海里描绘出班上那个整天漫不经心的身影。

小学妹到底给顾律己打了几层柔光才说出这样子的话？

锁好门窗，陆两两背起书包准备去操场找班主任报到。

班级学习成绩排名前二十但体格弱鸡的学生，被要求每天放学后在操场上加练体能。虽然体育已经不再是高考必考科目，但每个考生得体测达标，才能拿到毕业证书。

然而，刚出教室走到楼梯口，陆两两就被拦下。

面前的女生站在低陆两两一级的台阶上，个子高挑，长得是让人眼前一亮的那种漂亮。可她的美看上去张扬，让她这个人也沾染了些攻击性。

所以在育德中学的女生八卦交流中，“江珧”两个字并不得人心。

江珧对现在站的位置不太满意，她想施加出来的压迫感，在仰头才能和陆两两对视成功的高度下荡然无存。她双手插兜，努力让语气更加挑衅点：“陆两两，听说你是我情敌？”

“什么情敌？”

江珧皱起眉。她讨厌死了陆两两这样装糊涂，直接放话：“我喜欢顾律己，很喜欢。没人比我更喜欢他。”

“你跟我说这个干吗？让我祝福你们？”陆两两觉得莫名其妙，瞄了眼手表，敷衍地说，“也行，祝你们幸福。我赶时间，就先走了。”

话音刚落，她移步从对方身侧擦肩而过。直到快下了半层楼梯，江珧才叫住她：“你这是什么意思？你不喜欢顾律己？”

没头没脑被堵着说这些，被一再拖延时间的陆两两压住心里的不愉快，笑得一脸“世界和平”：“江珧，《滕王阁序》背熟了吗？理解加速度吗？知道函数 $f(x)$ 满足 $-f(x)=f(a+x)$ 是什么意思吗？”

“……”

“都高中最后一年了，有那时间不如多看书多做题吧。”

随后，她单方面结束对话，三步并作两步地跑下楼。宽大的T恤被风灌得鼓起来，连同几秒前的对话一起被吹到脑后。

不知道这个点了，在操场上“监工”的班主任能不能给她放个水。

2

与操场相距不远的露天篮球场上人声鼎沸，被人里三圈外三圈地围着。

一直活在传言里的顾律己坐在看台第三排，这个位置恰好被棚顶遮挡住阳光。他撑在膝盖上的右手，拿着一个嗡嗡响的手持小风扇，左手操控着手机里的贪吃蛇，全然不在意自己现在的样子已经被存进了多少人的手机里。

“阿律，你还不来救场，楚辞跟祝贺都快撑不住了。”言再被换下场，气喘如狗，一屁股坐下来就开始哀号，抢过小电风扇对着脸猛吹，“哥们要‘精尽人亡’了。”

顾律己手晃了一下，手机里的那条蛇差点就死掉。

“你先闭嘴救救老罗吧。你说一次成语，他得少活两年。”

老罗是他们班的语文老师，目前他最大的心愿就是言再赶紧毕业。

“怎么的，精力耗得快废了我这个小身板。我说得有错？”

“精疲力竭、力倦神疲、半死不活……言贱贱，你能不能更新下你脑海里的词库。”

言再扶正帽子，假装没听见，重新找回谈话方向：“你什么时候上场，我们都快被8班按在地上摩擦了。”

今天他们几个球感都不好，谁投都不进，这都落后了9分了。

众目睽睽之下要是输了，他还怎么在今天到场应援的妹子面前做人？

顾律已一丁点儿都不知道他心里的煎熬，丝毫没把这分差看在眼里，语气冷淡：“等球场再散散热。”

言再很嫌弃：“开场前说，场上还有太阳晒，你不去，现在这片地阴了，你又说得散热降温。你怕不是个小公主哦？”

顾律已知道，这货是又欠打了。他眼都不抬，空出的手熟练地箍着言再的脖颈，加大力气，勒得言再脖子一紧。

“贱贱，知道为什么叫你贱贱吗？”

“我名字里的‘再’字方言读音跟‘贱’字一样呗。”

顾律已摇头：“主要是撩人者贱。”

言再很委屈，但言再不哭。

他拿过一瓶矿泉水，把它夹在膝盖中间固定，再单手拧开瓶盖，往头上淋了一小半降温，又咕噜咕噜一口气喝完剩下的。

他仰头喝水的时候，余光瞄到对面路旁一棵树荫下，正往这边张望的一个身影。

眯着将近 50 度的近视眼，确认是这学期刚来的转校生，言再立马凑到顾律己耳边，小声揶揄："看，转校生又在'视奸'你。"

顾律己受欢迎是常态，受到过明里暗里的打量不计其数，可他们班这个转校生一来就天天在教室里直愣愣地看顾律己，把他看得耳根通红。

为这事儿，顾律己私下没少被大家打趣。

顾律己条件反射似的抬头，手机里快要通关的贪吃蛇瞬间触壁死亡，提示音震得他手掌发颤，顺着手臂往上蔓延，一阵酥麻。

远处，转校生背着大书包，站在被斜晖拉得长长的树影里，姿态安静。隔着一段看不清彼此神情的距离，可他仍然可以想象到，犹如被太阳高温加热过的眼神直射在他身上。

啧，耳朵又红了。

顾律己烦躁地低骂一声耳朵不争气。

转校生有毒！是不是该去提醒下她稍微含蓄点，律哥的脸皮薄，禁不住人这么看？

但，转校生初来乍到，看上去还内向，同学一场，这样子是不是有点伤人面子？

他向上呼了口气，郁闷地把挡在额前的刘海轻轻吹开。

眉目凌厉的人，因为这个动作，霎时变得可爱起来。

“阿律，你说说，转校生小妹妹有可能获得‘律嫂’这个光荣称号吗？”言再附到顾律已耳边，“要是有人这么直白不做作地每天看着我，我立马给她跪下唱《屈服》。”

“不告诉你。别以为我不知道，你们这群禽兽看戏也就算了，还背着我在打赌。”

据说现在赌注是 2 赔 8，押 2 的那方多数是赌徒心理，比如说言再，还想着万一爆冷能一夜暴富。

“嘿嘿，凭我们的关系，透露点您的少男心思给我怎么了。”

“我们只是普通同学，没那么熟。”

“谦虚了，谦虚了，我们的钢铁兄弟情比天高比海深。那不如，我到时候把赢的钱分一半给你？”

喷在耳边的热气，让顾律已耳朵更痒了，他虚张声势地一把推开浑身散发汗酸味的言再，语气玩味：“你当我是这么好追的？”

他随即站起身，在头上戴上止汗带，准备去为班级的分数发光发热。

“那话怎么说来着？落花有意转校生，铁壁铜墙顾律已。”

“闭嘴吧你。”

余光里还能瞥到远处的身影，顾律已把手机扔给言再。

言再调笑："怎么不继续等球场散热了？"

顾律己回头，像是在睥睨一个傻子："我的蛇死了我还玩个屁。"

他摸了下发热的耳垂。

都发现被转校生盯着了还不走，他有病啊？

直到顾律己的身影被人群淹没，陆两两才收回视线，脚步散漫地走在去操场的路上，顺便讲过时的冷笑话："从前，有个人叫陆两两，她在路上走着走着，就被人撒点孜然粉辣椒粉当成烤肉端上桌了。"

已经是晚上六点，太阳依旧努力发光发热，而陆两两越走越消极怠工。反正都这个点儿了，说不定班主任等不到她，就收工回家了。

正好碰到人头攒动的篮球赛，又给她了一个拖延时间的理由。

"陆两两，你在这儿磨蹭什么，还不进来跑步！"

"来了！来了！"

陆两两叹了口气，在班主任李和章犀利的注视中走进操场。她从包里拿出手机，打开软件，再利索地插上耳机，塞在耳朵里。然后把书包堆在国旗杆下方，开始埋头跑步。

VOA 标准版英语听力充斥着整个耳膜，地上跑动的身影被太阳越拉越长。

等下一圈，再跑到现在这个位置上，她的影子会比现在的更长。因为时间在过去，太阳高度角在变化。陆两两被各种试卷洗礼的脑子里不时又出现一个知识点。

正如她前两天交的学习目标那样，希望在高考来临之前，准备得万无一失，然后功成名就，顺利长大。

3

她要收回之前的话。

什么功成名就地长大？每天跑个半死，能健康茁壮地顺利毕业就很不错了。

2000 米跑下来，陆两两瘫坐在书包旁，双眼失神地望着地面。

碎发连着汗水粘着脸颊，后背的衣服也湿了大半，贴在身上。

顺了一会儿气，她慢悠悠地从包里掏出保温杯，小口小口地灌着里面的温水。

“这就蔫了，还得练啊。”神出鬼没的李和章又到了跟前，“到了高三，你们就常待在教室里了。劳逸要结合，身体是你们自己的，让你们跑步怎么好像都是帮我在锻炼？”

陆两两没力气说话，只能点头回应。

李和章继续：“这点你要跟顾律己他们学一学。虽说他们是太不在学习上用心了，但多运动总是好的。小孩子活泼点嘛……”

话音还未落，林荫道另一边便传来了撕心裂肺的口号声：“8班漏油！8班漏油！”

小孩子太活泼了会被打吗？

陆两两看着上一秒还口若悬河的班主任，眨眨眼。

李和章无奈地扶额：“喊的什么乱七八糟的？以后还要不要跟8班做兄弟班了？”

“我们和8班，难道不是竞争关系？”

“我们是良性竞争，共同进步！”班主任嘴硬。

7班和8班同是理科次重点班，但因为7班的教师资源和重点班是一样的，所以，8班班主任心里憋气，不管是考试分数还是日常表现，都想压7班一头。

当初陆两两转学进来，因为育德中学规定转校生不能直接进重点班，所以7班和8班的班主任都在争取陆两两，而陆两两又是看在师资的份上，最后选择了7班。

8班老师那个气哦。

那头球场上又传来一阵震天动地的欢呼声，似乎是球赛结束，有人在庆祝胜利。

李和章看到球场散出来的学生，也不管有没有看清脸，直接扯着嗓子问：“那个谁，谁赢了？”

“老师，7 班！我们班赢了！”

远距离跟打电话似的一问一答，让操场上所有人都知道了结果。

陆两两听到一个幸灾乐祸的声音：“哎呀，张老师又得闹别扭了。”

刚刚还挂在嘴边的塑料兄弟情谊太脆弱了。

休息好，陆两两跟李和章打过招呼，便背着书包往学校的左花园走去。她跟南澄妙约好在那里碰面。

育德中学有个大花园，被一条主干道划分为左右两边——左花园有条爬满紫藤的回廊，所以经常被拿来当作拍照取景的地方；右花园有一个喷泉水池，里面养了群锦鲤。南澄妙当初带陆两两熟悉学校的时候特地说，考前喂锦鲤是育德中学的传统之一。

南澄妙坐在回廊外的一张石凳上，非常好找。

一见陆两两坐下，她就摇着头惋惜：“两两，你今天没去看球赛真可惜了！”

“可惜什么？没当场听到大家是怎么喊出‘8 班漏油’的吗？”

“不是这个。我们班顾律己，平时不显山不露水，关键时刻神来之笔。球赛结束前，我们班还落后两分，可万万没想到，他压哨进了一个三分球。”她激动得手舞足蹈，“他今天运气逆天，脚踩在地上跳都没跳起来，看样子就是时间来不及了随便扔的，但球偏偏进去了！一球成神！帅呆了！”

陆两两嘴角僵硬，今天顾律己出现的频率实在太高。

南澄妙没注意到陆两两微妙的表情，点亮手机屏幕，塞给陆两两：“我们学校贴吧炸了。首页帖子被‘顾律己’淹没，连带着以前关于他的帖子都被翻出来。”

粗略扫过学校贴吧的首页，陆两两发觉她又可以重新定义顾律己了。比如，一个占据学校贴吧半壁江山的男生。

看看这些标题：

“言情小说男主角的人设——顾律己，连打球都这么帅！”

“在市中心遇到顾学长，跳舞机玩得帅到没朋友的顾学长终于向夹娃娃恶势力屈服。”

“听说顾律己跟隔壁学校的人打架了，有知情人士来八一八吗？”

“天哪，游泳课跟顾学长班撞一块了，拼死转播顾学长的肉体。”

肉体。

鬼使神差地，陆两两手一哆嗦，页面快速地跳转了。

触屏手机就是这点不好，老是让人手滑。

发帖的楼主为人很真诚，一句多余的废话都没有，直接放出顾律己穿着泳裤站在泳池边上的热身照。拍摄距离有点远，但仍可以看得出他匀称修长的体形，肌肉不算明显，没有电视上那些健身先生的过度夸张，但线条清晰，隐约蕴藏着少年感，像是雕塑大师手下的一座最精雕细琢的得意作品，再也不需要累赘的修改。

南澄妙看到手机里的照片，不禁咋舌："陆两两，你们这届优等生胆很大啊。"

说是这么说，她却越凑越近。

陆两两推开她的脸，拿着手机的手举高不给她看："有本事眼睛别往屏幕上瞟。"

"我的手机你还不给我看，太过分了啊。"

"少儿不宜，我不能让你被污染了。"

"什么少儿不宜呢，给我看看。"

身后传来一个好奇的声音。

紧接着，陆两两的手落空了，手机冷不防地被人拿走。

两人顾不得打闹，忙转过身，等看清眼前的一群人，陆两两更慌张了。

其中，"肉体"的正主，此时正衣装得体地站在不远处。

"言再，你把手机还给我！"

南澄妙急得跳脚，冲上去就想把手机抢回来。

可惜言再手更快，把手机递给了身后的人："这照片真辣眼睛！

顾律己，你好好反省一下自己。”

夏风吹得林荫道沙沙响，顾律己接过手机，扫了一眼网页，脸色倏地阴沉。他被偷拍这事儿是常态，可一想到优等生用豪放如探照灯，细致像显微镜的目光，看了他的半裸照……

顾律己面上有点热，说不清是恼怒上火还是不好意思，但在一帮兄弟面前，他不能㞞。

顾律己绷着脸，不紧不慢地走近，停在与她一臂距离的地方，利用身高差居高临下地看着陆两两，强撑着一副少年的骄傲：“你知不知道，刚才你看的照片是被偷拍的？”

跟顾律己第一次认真对话，就是来自道德层面的压制，陆两两老老实实地点头。

“被放在贴吧上也是我不知道的事情。”

陆两两耷拉下的脑袋，更低了。

“你不经允许看我照片，还说少儿不宜，是不是做错了？”

陆两两面上有点烧，她不该手贱点开的。

顾律己注意着陆两两越垂越低的脑袋，心里的闷气渐渐消散，他话锋一转：“知道错就好，下周一交 800 字的检讨给我。”

陆两两讶异地抬头：“哎？检讨？800 字？”

在场的其他人互相挤眉弄眼，看转校生的热闹不嫌事大。

“为什么？”陆两两皱眉。不，应该是“凭什么”？

“因为……”顾律己迟疑了一会儿，“你不写的话，我就去告老师。”

所有人都错估了顾律己的脸皮厚度。

十七岁的人了，告老师这种幼稚的话还能说得这么理直气壮。

言再听不下去了，阴阳怪气地对着楚辞说：“你不写的话，我就去告老师。”

被笑着看热闹的楚辞一个巴掌拍在后脑勺。

陆两两拿不准顾律己是在开玩笑，还是真的能做得出来，犹豫了片刻，才皱着脸应下来：“行。毕竟也是我做错了。”

不就是 800 字吗，语文作文写的 800 字多了去。

没想到转校生这么好欺负，顾律己轻咳一声：“那下周一等你交检讨，我们这件事就翻过不说了。”

把手机塞回陆两两手里，他临走前还是没忍住说：“记住，以后不要再那么看我了。你的行为已经给我造成困扰了。”

可惜陆两两没把这话听进耳朵里，她的思路早就跑偏，专心地打腹稿写 800 字检讨的大纲。

顾律己见该说的都说完了，就没再管她，带着在一边看戏的兄弟团大步离开。

风中留下他“天凉王破”的一句话：“我要去找人封了那个破贴吧。”

而他们中有个男生走在最后，看着她们的方向欲言又止。

身后有人喊：“祝贺，快点。”

“来了。”祝贺还是什么都没说，终于转身跟上了前面的人。

顾律己一行人离开之后的几分钟内，这块地方的空气安静得过分沉重。

南澄妙还在想，最后祝贺的迟疑是什么意思，半天想不出个苗头，便看向仍在愣神的陆两两，看样子，她受的打击非常大啊。

她为难了一下，虽然很不会处理这种场面，也还是拍着好朋友的肩膀，干巴巴地安慰：“两两，振作点，别伤心。”

“我没伤心，我只是在想检讨书要怎么写。”

面临人生中第一次写检讨，她得更慎重点。

不过很明显，她说的话，南澄妙一个字都不信：“两两，我知道，被喜欢的人当面拒绝，肯定是不好过的。不过苦海无涯，你早点回头是岸。”

……

陆两两不懂。

“什么喜欢？你是说，我喜欢顾律己？”

“难道不是？”

“我什么时候喜欢他？”

两个人面面相觑。

南澄妙说得底气不足：“可，大家都知道你喜欢他啊。”

陆两两更无语了：“我是当事人，我怎么不知道？”

“……”

“不是。我做了什么事让大家都这么误会？”陆两两打起精神问。

“因为你老是看他。”

“呸！我哪有看……”不对，她好像想起来了，陆两两瞪大眼睛，“该不会是说我每天看他的那个方向吧？”

“是吧？”

“我发誓，我只是单纯地看着窗外！而我看出去的窗口刚好就是顾律己的座位。”

刚转进班级，陆两两临时被安排坐在最后一排的空位上。每天下课，陆两两都习惯性地盯着窗外的山腰位置发呆。

仔细想起来，顾律己坐在靠窗第五排，可不就是能对上她的视线嘛。

明白过来的南澄妙也替好友无奈：“可偏偏是顾律己哎，很容易被人喜欢上的顾律己。而且你每天都光明正大地盯着那方向看，在大家看来，那边就只有顾律己了。”

陆两两双手抱头：“可，我是冤枉的，这是个误会。”

而且，凭着江珧和顾律已说的话，不难看出，这个误会已经深入人心，广为流传了。

“不行，下周正式开学时，我一定要当面澄清。”陆两两信誓旦旦地说道。

4

晚上，陆两两的房门伴随着一声“我进来喽”的通知被敲响。

这俨然就像是一个测试她反射弧长短的口令。

陆两两立刻正襟危坐，仿佛一秒前伏在书桌上的身影并不是她。

她腰杆挺得笔直，双手不停地变换动作，最后才规矩地交叠放在书桌上，仿佛已经把自己调整到了最佳姿态。

下一秒，房门被打开，走廊的暖黄灯光泻进来，与屋里面的白炽灯光融合。外面客厅的喧嚣溜进来，钻入她的耳朵。

那是比她小七岁的表弟跟他小姨家的姐姐弟弟一起玩闹的声音。

表舅妈例常端着一杯热牛奶，放在她的桌上，借着这个动作快速地扫过她的桌面，然后坐在床边，声音温柔：“在复习物理？今天在学校里怎么样？”

“都还挺好的。各科老师对我很照顾，我的复习进度都赶上去了。就是物理有点薄弱，我想多做做题。”她喝了一口牛奶，仍觉得这个答案不够让表舅妈了解她的校园生活，又加上一句，“放学后，还去操场上练了体能。”

“你妈妈说你一贯很自觉，所以才放心把你留在这儿。不过别太辛苦了，劳逸结合。数学要是有不懂的，可以来问我。”表舅妈是一所初中的数学老师，不过都是通用数学系出身，还是可以应对高中的题目。

陆两两乖巧地点头：“好的，谢谢舅妈。”

心里已经想着，如果下次作业上有不会做的数学题，就先去问表舅妈，不用留着等去学校找老师了。一回生两回熟，这样子，她们之间也会更熟悉些。

“那我先出去了。你不要看太晚，早点休息。”

“好，舅妈晚安。”

等到门关上，继续做了几页习题后，陆两两从抽屉里拿出了一个笔记本，翻到一张空白页上。

她用娟秀的字迹写下：

今天开心的事：

复习终于赶上班级进度了，老师还夸了我。

在操场上跑了五圈，锻炼身体，早睡早起。

跟昨天比起来，今天的我跟舅妈更熟悉了一丢丢。

总之，陆两两，你很棒。

这是陆两两的姐姐，陆初见教她的事情。

陆初见比陆两两大五岁，现在在帝都读研。

因为要转学到新环境，知道自家妹妹是什么德行的陆初见就对她说，有什么事情对别人开不了口，就写在日记里，特别是，可以写一写一天的开心跟难过，然后夸夸自己。

如果高兴的事情多一点，那就可以提醒自己，你这天过得很幸福。

陆两两觉得这个办法挺好。

因为外公重病，她妈徐女士陪着在外求医，成为留守儿童的陆两两，被直接通知要转学到她表舅家附近的高中就读，顺便托付给表舅一家照顾。

离开前，徐女士对陆两两的叮嘱总结起来只有两个字——要乖。

我照顾你外公已经够累的了，你别让我再多操心记挂你，要乖。

好好学习，我不接受重点大学之外的结果。多听老师的话，要乖。

表舅一家人都很好，虽说是关系较亲的亲戚，可人家毕竟没义务照顾你，所以别给人家惹麻烦。要乖。

于是，性格敏感的陆两两，在徐女士划定的准则里，力求不给别人添麻烦地度过这一年的寄养生活。

她努力地融入班级，也希望表舅妈能感受到她对自己善意关照的回应。

所以，一些消极的情绪和让她烦闷的事情，也会被她藏进日记里。

比如今天的“远离顾律已，高三会过得更安全一些”。

Chapter 2

Tomorrow is another day,
没什么大不了的。

陆两两日记：

2013 年 8 月 23 日

我错了！

都是 800 字，检讨书可比作文难写多了。

顾律己读后感：

2020 年 2 月 15 日

我更正下，那不是检讨。

那是情书，是你一颗红心向着我的证据。

1

小学妹的锦旗，成功地让高三（7）班在周一的早上变得沸沸扬扬。

陆两两一踏进教室，就见言再站在讲台上，手里托着底座，来回让锦旗升了又降，降了又升。

楚辞和祝贺一左一右站在他两侧，尽责地扮演两名护旗手的角色，还非常应景地改编了歌词，鬼哭狼嚎地冲顾律己唱着：“你是不是育德最帅气的人，你为什么不说话？换来的是你冰冷的脸，笑都不笑让我好难过……”

夸张的表情和非常做作的肢体动作，让班里的人都无心背书，捂着肚子哈哈大笑。

而顾律己，坐在位置上，靠着椅背双手抱胸，用“爸爸容忍你们的小脾气”的表情，盯着他们消费自己娱乐大家。

瞄到从门口进来的陆两两，顾律己眼神微变，再看向台上还不打算收摊的三人，他抄起早上刚发下来的英语周报，团成团朝讲台上扔过去。

同学们以为他生气了，瞬间收声。

顾律己开口：“到点就散了。要上早自习了。”

就算上周刚拒绝转校生，他也不知哪里来的虚荣心，想在转校生面前保持一个高分形象。

于是，见好就收的祝贺领着台上的其他两位表演者给大家鞠躬谢幕：“本场演出到此为止，感谢各位观看。”

随即，在全班的起哄鼓掌声中，三人排成一列，昂着脑袋，有条不紊地骄傲退场。

祝贺打头，捡起地上的纸团，边展开边来到顾律己面前，把皱巴巴的报纸送回给他，强行握着他的手，学着新闻里领导下乡视察的态度，殷勤慰问："阿律，作为我们学校的门面担当，你辛苦了。学校和同学都记得你……嗷，疼疼疼疼疼疼……松手松手，我不说了。"

身后的楚辞，感同身受地"嘶"了一声，这凄厉的哀号，听上去就知道有多疼了。他识趣地退出队伍，悄声回到后一排的位置上。死兄弟不死自己，这样子的雷他才不会踩。

顾律已欣赏完祝贺的龇牙咧嘴，满意地收回用力握紧他的手。

"能不能别跟言再学，我们争取做个不嘴欠的人。"

锅从天上来的言再很不服气："阿律，你这样子捧一踩一的行为很不道德。"

"对，言再这颗老鼠屎，坏了我们一锅粥。"祝贺趁机再踩一脚。

"不好意思，我退出你们这锅粥的队伍。"顾律已淡淡地说，"我就老实做个人。"

一句话就被开除"人籍"的言再，推开祝贺："滚滚滚，别挡着我回座位。早自修铃响了，你还不坐回去，等下纪律委员记你名字。"

记名字这招对祝贺来说，简直是死穴。

他终于噤声，灰溜溜地坐到楚辞旁边的位置，唉声叹气："一个名字，逼死一个英雄。"

今天虽说是正式开学的日子，但高三班级完全不是从新学期开始的气氛。

所有人都高效地切换到了学习模式，争分夺秒地把该记住的知识点都刻进脑子里。

唐诗宋词，英语例文，物理公式，生物要点……各种声音交织在一起，像是连绵不绝的潮水不断涌来。

言再自然是一股清流，他随便翻开一本书，放在桌子上装样子，接着凑到顾律己旁边："阿律，这锦旗是谁送的？没随礼物送封信吗？"

"没有。"

"居然没留名字，我还想看看到底是谁这么有创造力。"

顾律己注意到斜后方的方向，与他隔着一大组的最后一排，那儿坐着个嘴里正念叨着什么的身影，还不时地往这边瞥过来。

顾律己挑眉，看来上周的话还是有点效果的，起码转校生从直视变成偷瞄了。

他说："听说，上周五是转校生最后一个走的。"

言再被带偏："转校生可以啊。学习好的人，脑子果然好使，送的礼也别出心裁的。"

"我是说，转校生可能知道是谁送的。"

言再眼神闪亮，嘴边露出八卦的微笑："我觉得是她送的，下了自习，我就帮你去套下她的话。"

“不用，我自己去，还得问她要检讨呢。”

情书经常收，检讨书还是破天荒的头一回，他自然上心。

被他们提及的陆两两，早上没有心情关注锦旗带来的后续。

她准备速战速决，早自习结束就去跟顾律己解释清楚，顺便把写好的检讨书给他。

至于是先澄清误会，还是先交检讨，得取决于等会儿的实际对话。

2

终于熬过了这漫长的半个小时，没等陆两两行动，顾律己凭着他的大长腿，在全班人的关注中，率先来到陆两两的座位前。

他施施然伸出手，在杏眼微瞪的她面前摊开：“检讨书呢？”

教室里是针落地可闻的安静，言再他们见有八卦可看，踮起小碎步，悄悄移动过来，想蹭几眼优等生写的检讨书。

在这诡异的氛围里，陆两两抑制住翻白眼的冲动，掏出了一张A4稿纸。

顾律己接过A4稿纸展开，满页小巧秀气的字迹，倒是符合转校生矮乎乎的形象。

“《关于公众场合下随意看顾律己同学的偷拍照并评价‘少儿不宜’的深刻检讨》？”顾律己左手握拳，挡住嘴边藏不住的笑意，“这标题总结得还挺到位。”

他的声音没有刻意压低，周围一圈的人听得清楚，窸窸窣窣的笑声压抑着响起。

陆两两皱着眉，很不满：“你能别读出声吗？”

顾律己没有理会，继续念下去：“‘尊敬的顾律己同学’，陆两两，你这是抄的网上的检讨书样本吧？开头就这么不走心了。”

“那个……我……”

“‘我这次犯下很离谱的错误，让所有教育我的老师和家长……’陆两两，百度一下检讨书，跳出来的第一篇检讨书范文就是你这个开头。”

他说得盛气凌人，浑然不想，自己怎么就这么清楚。

“顾律己！”陆两两提高声音。

女生怎么这么容易生气啊？此时的陆两两杏眼怒瞪，像只奓毛的红眼兔子。

顾律己撇撇嘴，竟然没再出声，安静地接着往下看检讨。

楚辞碰碰祝贺，眼神交流：你见过这么听话的顾律己？

祝贺：大概不好意思惹转校生生气吧。

在顾律已阅读检讨书的同时，言再不甘寂寞地插话：“陆同学。”他笑得很亲和，“嘿嘿，听说上周五，你是最后一个离开教室的？”

陆两两狐疑地看着他，怕又是给她挖坑，谨慎地没说话，用眼神示意他继续往下说。

“那，你是不是知道，顾律已桌上的锦旗是谁送给他的？”

陆两两随意瞄了一眼当事人，没想到正好对上对方似笑非笑的视线。

她秒尿，移开目光，脸上却不由得带着“这回你落到我手里”的暗喜，转述昨天的事情：“这锦旗是高一学妹送的。她说拿顾律已的日常照放在微博大V的帅哥评比评论里，得到的点赞数最多，然后她得了1000块钱。所以想来感谢下。”

楚辞听完前因后果就绷不住了，边笑边还用力地拍着顾律已的肩：“我们阿律的脸啊，有生之年第一次迎来它的报价。我很感动，哈哈哈！”

“你再拍一下试试，我让你感动到流泪。”顾律已送给他一个白眼，威胁得很强势。

楚辞尴尬却不失礼貌地收回手，笑到没力气地往祝贺身上靠。

而祝贺，早就忘了半个小时前的痛：“以后每天拍几张阿律的照片，下次这种活动的冠军被我内定，一想到就很美滋滋。”

言再跟着抖机灵，用手握拳充当话筒伸到顾律已面前：“这位参赛选手顾同学，请发表一下你的获奖感言。”

“没想法，但我看你们是都不想活了。”

顾律已很配合，但是说的话让大家都不敢乱开口了。

一旁保持安静的陆两两，目睹了这场单方面的压制后，轻咳一声，然后反手用食指指节在桌面上叩出几声清响，让挤在一起闹作一堆的四个人把目光都聚集在她身上。

她问顾律已：“检讨看完了吗？”用不着顾律已回应，就鼓起勇气，说出在心里翻来覆去斟酌了很久的第一句话，“我还有一件事情，觉得有必要跟你说一下。”

顾律已挑高眉毛，按转校生的情况来看，该不会是告白吧。

他想准备好平时拒绝别人的那几套词，淡定开口：“你说。”

陆两两用手往窗外一指：“你看那座山，看见那边山腰上的凉亭了吗？”

“嗯。”

“那块地是我家的，凉亭也是我家盖的。”

“哦，挺好看的。”顾律已不走心地附和，他已经开始有种不好的预感了。

果然，陆两两忽然手指一转，带着大家的视线，以她座位为起点，水平移动手指划出一条路线，终点落到了山腰上的凉亭处。

“我每天看的地方，其实是那里，但好像大家都理解错了，似乎在我不知道的情况下还变成了一个误会。你上周说造成了你的困扰，所以我在知道这件事后，就认为有必要跟你解释清楚。”

说这段话时，她的语速很快，仿佛是放在电视里用8倍的速度快进似的。

这块小地方，像是被嘈杂的班级隔离了一般，一片静默。

除了顾律己之外的三人，面面相觑，大气都不敢出。特别是扩散误会的源头——言再，就是他注意到转校生每天盯着这边看，才告诉大家，说新来的转校生喜欢顾律己了。

这一次，他会怎么死?

不过，顾律己目前无暇顾及罪魁祸首的处置方式。

他面上若无其事，唯独声音有那么一丝不自然的紧绷：“哦，是吗？那边风景是挺不错的，怪不得你天天往那边看。”

之前自作多情的困扰，如今在他脑海中一一浮现。他懊恼得要死，偏偏还得挤出笑容：“下次有机会，可以邀请我去你家的凉亭玩一下吗？”

他不知道青山绿水为什么天天看不烦，也不知道为什么要说去她家凉亭玩一下。但是，就算随便说点什么，也比气氛凝固住要好吧。

顾律己自觉，到此为止表现得很得体大方，丝毫没察觉，红得仿佛滴血的耳朵已经暴露了他内心的不平静。

与此同时，陆两两沉默得很诡异。

那片地其实是她外公家的祖坟，她经常看过去，是因为从小就很宠她的外婆睡在那里。

但，邀请别人去自家墓地玩，是她傻还是顾律己傻？

可看他挣扎得这么艰辛了，陆两两只能违心地应下来：“有机会的话。”

顾律己点头，叠好检讨书放进口袋里：“那我回座位了。上周的事情，对不起。”

等顾律己回到位置上，才心虚地摸了下发热的耳垂。

充当背景墙之一的楚辞见状，不怕死地调侃：“嘿嘿嘿，就问你尴尬不尴尬！”

另外两人已经别过头，不忍心看他这么作死了。

顾律己没力气跟傻子较真，他手掌张开盖住了楚辞欠扁的脸，威胁着：“尴尬的时候，我总想揍个人。你愿意奉献你自己吗？”

闻言，楚辞萎了，慢慢地把脸从顾律己的手掌下挪出来，立刻接收到其他两位同胞用眼神传递过来的讯息，千言万语汇成一句话——求你现在安分地做个人吧。

3

然而，早上的小插曲并没有这么终结在他们几人之间。

下午第二节是体育课，高三之后，它便被修改成自修课。

等在隔壁班上课的班主任从窗外路过巡视完毕，南澄妙便猫着腰，换到了陆两两旁边的座位上。

南澄妙把手机放在陆两两面前，无声地示意她看聊天记录。

手机界面上，是一个500人的群聊，高三每个班平均都有二三十人在里面。

[同学A]：你们听说了吗？

[同学B]：你不是一个人。

[同学C]：来对个暗号。7班？

[同学D]：山上有凉亭。

[同学A]：啧啧，没看到现场版，也能脑补出那是怎样一个修罗场。

[同学C]：大家好，我是律哥的面子，我离家出走了。

[同学D]：律哥难得丢次脸，请大家珍惜。我提议，群主发个群公告纪念一下吧！

[顾律己]：……

[同学A]：……

[同学 B]：……

[同学 C]：……

[同学 D]：是谁说，律哥不在这个群的？你出来，打不死你。

[系统消息：群主已开启匿名聊天。]

[匿名 1]：群主，你这个匿名开得很及时。上面暴露的兄弟们，一路走好。

[匿名 2]：律哥，听我们一句劝。

[匿名 3]：要想生活过得去……楼下接。

[匿名 4]：脸一定得丢几次……楼上，虽然没押韵，但是我尽力了。

[匿名 5]：律哥，俗话说得好，Tomorrow is another day，没什么大不了的。

[顾律己]：我谢谢你们……

顾律己这也太惨了吧，这算是被公开处刑了吧！

而造成这一切的人，是她陆两两。

陆两两粉嫩嫩的小脸蛋皱成一团，望向南澄妙：“这群能解散吗？”

“散什么散，我们的快乐源泉全靠它了。”

“大家这是都知道了？”

“500 人的群，你猜它的传播速度有多快。”

陆两两语气埋怨：“是老师发的卷子不够多，还是题目太少不够做啊？”

南澄妙突然无话可说，但身为500人群的一分子，她还是选择挺身维护这个群。

“高三哎，除了做题还是做题，出现点乐趣调剂生活，就感天动地了。”

道理陆两两都懂，可谁让这个乐趣是和她有关系的呢？

看向几步之外的位置上，顾律己趴在桌子上，睡得一脸岁月静好。陆两两对着这张恬静的睡颜，莫名地泛起一丝愧疚之情。

整整一节课，沉迷做题都无法把陆两两从良心的谴责中拯救出来。没想到课间十分钟，李和章还来火上浇油。

他一进班级，就把不在座位上的人全都叫回来，言简意赅地通知大家调座位。

原本高三是不需要大规模变动位置的，但李和章立志要在同学们日复一日如同一潭死水的学习生活中创造出一点点新鲜感来。首先，从换掉前后左右的熟悉面孔开始。

陆两两因为成绩好，被钦点坐到正中间第三排的黄金位置上，无奈她有些远视，就主动申请坐在倒数第二排。她同桌是自荐成功的南澄妙。

而让陆两两坐立不安的是，她的后桌是顾律己。

李和章倒是很满意他深思熟虑的安排。

后排座位属于班级学渣们的休闲娱乐区，从候选的人里来挑，顾律已和言再虽然不爱学习，但也不会打扰别人学习。

为了保护认真读书的尖子生，李和章用心良苦。

顾律已听到他这个心血来潮的安排，低低地感叹一句：“李和章真缺心眼。”他难道没发现他喜欢的尖子生已经把脑袋缩成鸵鸟模样了吗?

顾律已用舌尖轻抵住后槽牙，看着转校生瑟缩的模样，有点好笑，跟他做前后桌就这么为难?

言再观察着顾律已的表情，贼兮兮地低声问：“律哥，位置李和章都给你安排好了，是下毒呢，还是手刃？”他比了一个手刀，仿佛顾律已一声令下，他就去灭口。

顾律已横了他一眼，把他的手刀移到他自己的脖子上：“你还不如先手刃掉我的智障同桌。”随后，跟楚辞和祝贺打完招呼就搬起桌子往新座位走。

言再在顾律已背后隔着空气，暗戳戳地挥了一记拳头，这才跟上去。

感觉到后面多了一个人，陆两两连椅背都不敢靠了。

她手臂搭在桌面，前胸贴着桌沿，力求在有限的空间里跟后桌拉开无限的距离。

高三群里的聊天记录不停在她脑海里浮现，出现的次数越多，她越认为，顾律已应该讨厌让他丢脸的自己。

虽然，她觉得自己挺冤的。

可陆两两还是警醒自己，千万别去招惹顾律已。

身下的椅子腿被人轻轻踢动几下，她心间微颤，当顾律已是不小心碰到的，没有理会。

“新前桌。”

声音玩味戏谑，一点都不正经。

她腰板挺得更直，可能是在叫南澄妙吧。

顾律已见她还是没反应，觉得上赶着去喊她的自己有点傻。原本是看她不太自在，想对她散发点善意，可没人搭理的他更傻。于是他较上劲了，继续踢着椅子腿，直接叫人：“喂，陆两两。”

被点名的陆两两开始忐忑，这种“我希望他对我说点什么，但又害怕他会说什么”的愧疚心理是怎么回事。

“哈？”她转过身。

“打个招呼呀。”

“……”

他这是故意找碴儿出气，还是一般的友好往来？

陆两两摸不准，不过还是听话地说：“顾同学，你好啊。”

“陆两两，你这个态度有点冷啊。”顾律已挑着刺，“怎么说都是交过检讨书，传过谣言的关系了，现在还是前后桌……”

他心态又恢复了，都不介意将其拿出来开玩笑。说着说着，咦，跟转校生的缘分有点深啊。

“啧，好像咱俩还挺有缘的？”

检讨书是她被抓住在看他的泳照。

谣言是当着大家的面，说他误会她喜欢他了。

陆两两得出结论：“孽缘吧。”

“……”

画面僵住，陆两两特别悔恨她的脱口而出。

顾律已被气笑：“你说什么？”

“哈哈哈，没有没有。”她竭力找补，满脸虚假热情地提高嗓门，“后桌你好啊，有你做后桌我太开心了。我们真有缘，以后相互关照常来往呀。我先回去做题了。”

顾律已：“……”

他的新任前桌很懂开溜这门技术啊。

“你怎么回事？”言再想不通顾律已为什么要去撩陆两两，遂做口型无声地问。

顾律已浑身软得没骨头似的，重新趴在桌上，同样不出声：“谁让我太善良呢。”

什么毛病?

言再搞不懂他们之间的互动，最后决定先跟正前方的南澄妙聊个天。

“南澄妙，以后罩着我啊。”

比对隔壁的前后两位，她跟言再能被评为前后桌友好交流的模范友谊大使吧?

南澄妙飞快地闪过这个念头，熟稔地接话：“不应该你来罩着我吗？”

言再叹气：“身为学渣，有心无力。”他提了个建议，“以后你给我抄作业，我给你买奶茶怎么样？”

南澄妙很意外：“你还会操心作业问题？”

都高三了，他们早就被千锤百炼成为油盐不进的老油条，南澄妙没想到他们还会把作业看在眼里。

言再有苦难言，何止她会震惊，他本人也没想到啊。但是经济不能独立，何以谈人权。

“唉，学渣到了高三，也要为作业付出所有。”

“好啊。学校那家芋鲜奶茶，无糖去冰，加一份芝麻芋圆和奶霜。”

这么流利的点单，显然是答应了他提出来的交易。言再愣了下，把准备好的劝说台词都给吞回去，点头：“可以。”

南澄妙开心地伸出右手：“合作愉快。”

“愉快！”

言再跟他未来的合作伙伴击掌的同时，还不忘朝顾律已得意地挑了个眉。

看到了吧？这才是正确的 social（社交）技巧。

顾律已嗤笑，转开脸。

不看。

4

陆两两表舅家所在的小区，跟育德中学隔着一条大马路，算是地理位置优越的学区房。

从学校去往她表舅家的这条路，叫学院路，不过在学生群里，它又被叫作“美食一条街”。除了小吃摊、餐馆，隔几步还有奶茶店、精品店、电玩城……总之，吃的玩的全为学生服务，一样都没落下。

陆两两去操场完成了 2000 米打卡，跟南澄妙在校门口分开，这才背着书包，走在这条喧嚣的美食一条街上。

食物的香气从道路两边的店铺里飘散出来，陆两两闻得又饿又累，身上还因为刚刚跑 2000 米流的汗变得黏糊糊的。她晃着步子，有气无力地闷头朝表舅家挪去。

远远看上去，像只被人打过的丧气小乌龟。

这个比喻是顾律已说的。

他们一行四人正坐在桌球馆门口等着跟人会合，顾律已跟楚辞两个人拿手机玩联机游戏，祝贺蹭在他们身边嘚吧嘚地瞎指挥，比两个正经玩游戏的还忙碌。

只有耐不住性子的言再左右张望，非常认真地在等人，每吸一口奶茶就抱怨一句：“他们还来不来，再不来我们就先进去。”

顾律已借着一局游戏结束的机会，抬头远望，舒缓短时间内过度使用的眼睛，顺便准备提醒言再闭上他的嘴，却不想一下子就看到了人流中的陆两两。

她在这条街上显得很突兀，背着鼓鼓囊囊的书包，垂着头，双手紧握着肩膀两侧的书包带，步履缓慢。仿佛她周遭的空气流速，慢于这个世界里的其他人。

顾律已“啧”了一声，饶有兴致地问言再：“你看，转校生像不像只被人打过的丧气小乌龟？”

一旁听见这话的祝贺抽动嘴角，有时候，顾律已欠的只是一顿打。

言再听到顾律已这么充满灵气的比喻，笑得不怀好意：“你什么时候这么注意过一个女生了？”不等顾律已回答，他提高声音朝马路对面喊，“转校生，一起来玩啊！”

注意吗？

可能是以前从来没有哪个前桌能让他自作多情，还被她当面撅回来吧。

顾律己没再多纠结言再的前半句，“啧”了一声：“傻吧你，别人有名有姓，你叫人家转校生，看谁理你。”说完，便重新跟楚辞联机了。

如他所说，陆两两捕捉到声音后，只是单纯地顿了一下，听起来像那个聒噪的言再，就不想理会。她装作没听见，继续往前走。

“嗨呀，好生气，转校生真的不理我。”言再哀怨地看着顾律己。

顾律己分神扫了扫对面，嘴角勾起一抹笑容，又埋头打游戏了。

祝贺：“人家不理你，那你识趣点，别去烦她好了。”

“不，做事不能半途而废。”言再不死心，继续喊，“前桌，陆两两，叫你呢！和我们一起玩吗？”

陆两两可以确定了，这就是活泼得过分的言再在呼喊。她循声看过去，形影不离的四个人就坐在对面的塑料椅子上。言再见她看过来，还兴奋地招招手。

他是傻子吗？他们有熟到可以一起玩的程度吗？再说，尽管半天下来，她对顾律己的尴尬已经消减大半，但还是想躲着走的。

所以，她说：“不啦，我家还等我回去吃饭呢。你们好好玩。”

“那下次一起啊。”

陆两两点点头，又朝他们挥手才快步离开，背影慌忙得像是身后被鬼追一般。

顾律己注意到她明显加快的脚步，又微微挑眉。

就知道她没一句老实话。

还说互相关照常来往。

骗鬼呢。

迟一步赶到的其他朋友，听到言再跟陆两两说的后半部分，好奇地问祝贺：“言再在跟谁说话？”

“班上同学。”祝贺概括得简单。

本来这话题到此为止，楚辞又加上一句：“就是我们班的转校生啊。”

大家异口同声：“哦……就是那位？”

“那位？”顾律己重复一遍，“这是什么叫法？”

“为了表示我们的敬佩和爱戴呀。毕竟人家是创造出顾律己黑历史的育德女生第一人。”其中有人回答。

跟大家一起来的江珧，感兴趣的不是这些，她冷声问言再：“你叫她前桌？”

“是啊，我们班重新排的座位，她就坐我前面。”

“那，阿律还是你同桌？”

言再哥俩好地拍着顾律己的肩，默认说：“我跟阿律之间这剪不断的同桌情，毕业前，我一定去校广播点一首《同桌的你》。”

所有人都被他逗得大笑起来。

江珧看着顾律己那张平静无波的脸，心底五味杂陈。

她不喜欢别人把陆两两跟顾律己的名字放在一起，也嫉妒陆两两能够离他这么近。

她心底没来由地害怕起来，怕顾律己是属于其他人的。

Chapter 3

怼人一时爽，事后火葬场。

陆两两日记：

2013年9月5日

他超凶的！

顾律已读后感：

陆两两，鉴于你背后造谣的不道德行为，请于今晚交10000字检查给我，并罚你这周陪我玩游戏。

1

高三的学习生活正式开启，意料之中的忙碌且充实。

各科老师并没有因为7班是次重点班，而降低教学质量，当然，不打折扣的还有一天十多张试卷。

陆两两非常适应这种节奏，她以前的老师就很喜欢用题海战术帮学生扩展知识面。

所以，试卷一发下来，陆两两就条件反射地填好姓名、学号，浏览一遍大概的题型，然后毫不迟疑地埋头答题。到了老师讲题时，她坐姿挺拔，眼睛一眨不眨地盯着黑板，还时不时地低头记录一些解题思路。

整个人散发的精气神，让任课老师们在办公室里当着李和章的面放肆夸奖了一通，喜得李和章第二天就过来钦点陆两两为高三(7)班的学习委员。原来的学委忽然决定考美院，高三去外面的画室学习去了。

南澄妙在成为陆两两同桌的第三天，就向学霸大佬屈服了。

“难怪大家说近朱者赤，我居然放弃我的八卦群、课外书、偶像剧、综艺节目，跟你一起认真地学习了三天！”

除了她偶像生物老师的课之外，南澄妙通常是半节课听课半节课开小差的状态。自从坐在陆两两旁边，她感觉自己被学习大神带节奏了。陆两两做什么，她就跟着做什么。

一天下来，她在学校发的学习总结本上填今日的完成科目时，就非常有成就感。

南澄妙不得不承认，她正在陷入一个越学越有劲儿的学习怪圈里。

回忆起这三天毫不松懈的学习势头，南澄妙握着陆两两的手，作势抹去脸上根本不存在的两滴泪，动情地说：“两两，你拯救的是我一个人吗？不是，你拯救的，是一个家庭的希望！”

近朱者赤，近墨者黑，这句话果然没说错。陆两两想，南澄妙越来越像女版言再了。

后面跟顾律己偷偷说小话的言再，并不知道他又躺枪，还在感慨：“我觉得，转校生真像一棵茁壮成长的小树苗，积极地沐浴知识的阳光。李和章让我们坐她身后，是不是想让我们自惭形秽？”

“说你自己就好了，不用带上我一起。”顾律己玩着手机游戏，散漫地说，“贱贱，抬头挺胸，你的目标就是做一个有自信的学渣。”

末了，他还挺真诚地夸奖言再：“你刚刚用对了词儿，我替老罗感到欣慰。”

“自惭形秽”这种高级词，在言再的大脑里是不存在的。

“嘻嘻，上次我听转校生就是这么跟南澄妙用的。”

言再一脸得意，他现在的新爱好是，暗戳戳地听前面两个女生之间的对话。

顾律己把这副蠢样的他推远。

没出息。

顾律己收起手机，左手托腮，右手随意地转动笔杆，直勾勾地观察前座那个有柚子清香的单薄身影。

说起来，转校生跟他们很不一样——

她桌上贴着目标大学的便笺，上课的时候看她挺拔的背影就知道她有多专注，偶尔瞟到她卷子上用红笔标注的笔记密密麻麻的，就连桌肚里的学习资料都是一摞一摞的。

他听到她跟南澄妙说，高考是实现目标的一个转折点。

可高考对顾律己而言，不是唯一的选择。

不过，这是他第一次近距离地看一个人是怎么认真地生活。

这种感觉很新鲜。

只是，从周一开始，转校生就对他非常冷漠，就连发试卷，都是头也不回地伸手往后递。

手中的笔绕着指尖转动一圈，然后稳稳落入他的手心里。

不融洽的前后桌关系，是不利于身心发展的呀。

2

周四下午，陆两两缺席了今日份的跑操。

由于数学课代表请了一天的病假，陆两两这个学委就代替他接下了帮老师跑腿印卷子的任务。

但她运气不太好，学校的影印室没开门。

所以陆两两只能按照老师的建议，放学后去校外找一家打印店印试卷了。

打印店集中在育德中学的后街，比起正门那条美食一条街，这里可以说是人烟荒芜、门可罗雀的地方。

街上除了打印店外，其他全都是“佛系”店铺，什么茶馆、眼镜店、十字绣店……有没有生意，全靠随缘。

陆两两找了一家打印店，把文件拷到老板的电脑上，约好送货时间，便抄了一条不常走的路线回表舅家。

路过一个靠着学校外墙，用铁栅栏围起来的露天仓库时，陆两两瞧见里面有一道熟悉的身影。她不由得驻足仔细辨认，而后，熟悉的身影增加到了四道。

不得了，顾律己和他的好友们在仓库里跟人打群架！

陆两两瞪圆了双眼，影视剧里面经过艺术加工的场面，突然被活生生搬到了现实中，震惊之余她不知道该怎么办。

看到别人在打架，转身就走会不会有点太冷漠？

打电话报警的话，好像还没到那个地步？

那……待在这里静观其变，帮忙看着点？可似乎根本不需要她这样做。

陆两两猫着腰，藏在松松散散堆着的橡胶轮胎后面隐匿身形。

她正准备拿出手机向南澄妙请教时，就听到一记闷哼，抬眼望过去，顾律己捂着左臂转身后退一步，他身侧还站着两个人，一个空手，一个拿着铁棍。

楚辞反应过来，立刻飞身过去，把从后面偷袭顾律己的人踢倒在地。

就像是一个指令，在场所有人的攻击，变得更加猛烈。

一时之间，场面似乎失控了。

陆两两被急转直下的局势弄得发蒙，惶恐得连手机都快拿不住了。

她的手微微颤抖，却不敢再耽误一秒，压抑住心慌的不适，用自己最大的声音喊：“老师，就是这里，有人在打群架！”

她能想到的办法就只有这个了。

大家都是学生，装作有老师来的话，应该有用吧？

她不是特别确定，实在不行，就只能打电话找警察叔叔了。

幸好里面的人定格了一秒，然后开始四处逃窜。

除了顾律己，像是没听到一般，还在那里挥着右臂狠狠地揍着一个人，仿佛要把刚才挨的那一铁棍都还回去。

舒了一口气的陆两两见状都不知道该说什么好，却顾不得太多，怕被出来的人撞见是她骗了大家，也赶紧起身，离开了这个充满危机感的地方。

身为班干部，保护班级成员，责无旁贷。

对刚才自己发扬的风格很满意，陆两两决定回家就在日记本里卖力地夸一夸如此优秀的班干部。

破罐子破摔的几人懒得逃，随意地坐在地上等老师来抓，等了许久却都没等到人。

顾律己轻轻揉捏着右臂的伤处，沉默不语，身上还残留着刚刚遗留下的狠厉。

祝贺见状，低声问："你伤得怎么样？"

"没什么大问题，但得去医院一趟。"

"那就好。等下我们陪你一起。"祝贺颔首，又问离他最近的楚辞，"刚才谁喊的那声，我怎么听着觉得有点耳熟？"

"不知道。"

"是个女声吧？"言再回忆了一下，才不确定地问。

另一个不认识的人说："谁这么好心，救了我一条狗命，我要衷心感谢她。"他话锋一转，"啧，这群孙子真不是人，还带铁棍过来。"

"我一个弱鸡，就想来充个人头，为什么最后都冲我来？！"

"可能你长着就是一张欠揍的脸。"

听着他们的低级相声，顾律己脑海里全是刚刚那个因为声调太尖锐而显得有些凄厉的女声，以及无意间瞥到的那抹猫着腰迅速撤离的身影，脸上的神色变得柔和起来。

最后那丝戾气，在昏黄的夕阳中，蒸发不见。

3

第二天，第二节语文课下课后，学校广播里便响起了《运动员进行曲》，整个校园霎时便活络起来。

7 班的教室在高三栋的三楼最靠左，旁边挨着一段比较窄小的逃生楼梯。平时不怎么用得着它，不过每次去操场集合，每层离它较近的几个班级都会从这边下楼。

此时，小楼梯上的人互相推挤，肩碰肩，汇聚成一股人流，向楼下拥去。

陆两两拉着南澄妙在楼梯口略停了一会儿，等人显得不那么密集时，再让南澄妙贴着墙往下走。

“等下做完操，去小卖部买吃的吗？”

陆两两拒绝：“不去了。我早餐还没吃。”

“那好吧。我也不去了。”

“解散后要是来得及，我就陪你去。”

南澄妙点头，不想下一秒在踩下一级台阶之前，没稳住身体，碰到了陆两两，让她连带着轻轻撞上了右边的人。

“嘶……”顾律已倒抽一口冷气。

不知道是他运气背，还是陆两两运气太好，撞的位置太巧了。

肇事者陆两两看清楚被撞的人，来不及惊讶，赶紧慌忙地道歉：“对不起，对不起，你有没有事？”

没记错的话，她刚碰到的是顾律已昨天被人拿铁棍砸到的地方。该不会让他伤上加伤了吧？

顾律已没有回答她的问题，反而意味深长地低声说：“这么紧张啊？你知道我手臂有伤？”

陆两两装傻：“知道个鬼，我只是为刚才撞到你表示歉意。”

“哦……”他的音调百转千折，让陆两两眼神乱瞟才作罢。

“可我还是得说一下。”看陆两两虽然表现得不在意，但耳朵还是竖着在仔细听，他顿了一下，嘴角不禁往上勾，接着说，“你昨天尖叫着喊‘老师来了’的声音太难听了。”

做个人吧，顾律已！

九年制义务教育告诉你这么对待你救命恩人的吗？

陆两两顾不得深藏功与名，恶狠狠地横了他一眼：“呸！你都快被人打死了，还嫌弃这嫌弃那。”末了，还不忘嘟囔一声，“好心没好报。”

周围人声鼎沸，可这声抱怨刚好落进了顾律已的耳朵里。

一直作壁上观的南澄妙不得不说，这副样子的陆两两，凶萌凶萌的，真可爱。

顾律己得意地挑眉：“还尖子生呢，一试你就露馅了。”

“什么啊。”

“刚刚是诈你的，谁能听得出昨天喊的人是谁。”顾律己心情很好，“虽然声音难听是真的，但我和其他人也真的很感谢你的救命之恩。”

陆两两瞪着顾律己，一点都没有昨天在日记里夸自己那样开心。

“我请你有必要保持适当的沉默。”

否则你会被一个压抑了很久即将爆发的少女打爆狗头，虽然在心里已经爆打了。

她气鼓鼓地补充：“还有，谁稀罕你感谢。我不是为了救你和其他人，我只是在默默履行班委照顾班级同学的义务。你就不能尊重一下不想透露姓名的雷锋吗，诈什么诈！”

她生气的五官格外生动可爱，连翻的白眼也嚣张得让人不想生气。

顾律己微笑着，好脾气地纵容她放完狠话就拉着一脸震惊的南澄妙，费力地汇入人流，匆匆落跑。

南澄妙被拉着一口气跑到操场上，喘匀了气才问陆两两刚才跟顾律己说的话是什么意思。

陆两两三两下把昨儿下午的事情复述一遍。

南澄妙：“嗷，怪不得你跟顾律己又熟悉了点，拥有了共同的小秘密啊。”

“我可求你了，这算什么小秘密，根本没熟到哪里去。”明明是她仗义出手维护班级同学。

南澄妙不管，反正她信自己看到的。

“你刚才奶凶奶凶的。明明长得很可爱，怼起人来却是技术流啊。”

“很凶吗？”陆两两气过头，又开始后悔。

怼人一时爽，事后火葬场。

每次占了一点点上风，陆两两就开始反省自己是不是太咄咄逼人。对方要是再示点弱，那完蛋了，不需要其他人，她便能在心里大义灭自己。

陆两两认为，这是病，但没药治。

4

早会结束得意外早，主动破坏与同学表面友谊的懊恼却姗姗来迟。

陆两两磨磨蹭蹭地陪南澄妙去了趟小卖部，又拖拖拉拉地回到教室。她鼓起勇气进入教室，看到顾律已趴在桌上闭目养神，才放下心来，企图安静地回到座位，用后背来面对今天的顾律已。

哪承想一声大喝……

“两两同学！”

陆两两被吓得一激灵。

她记起多年前，跟徐女士说要改名，改成她姐姐“陆初见”那样温婉好听的名字。结果徐女士拒绝了，并给她灌了诸如“两两的发音是开音节，这名字喊得响亮……”等一系列的迷魂汤。

就在此时，陆两两笃定，徐女士是在骗她。让言再这个大嗓门来，什么样的名字都能被喊得惊天动地。

处在声源中心的顾律己自然也被吵醒，他很不爽，骂言再：“叫魂啊你。”

言再不怕他，挤眉弄眼地说：“嘻嘻嘻，可不是在叫你的魂嘛。”

他其实想问陆两两，她到底做了什么让阿律早操一结束就跑去小卖部买了东西准备送她。但接收到顾律己要挥拳凑他的警告手势，他就不敢再乱说话了。

顾律己横了一眼安分下来的言再，靠在椅背上双手抱胸，好整以暇地用目光迎接慢慢靠近的陆两两。

虽然从教室门口到座位只有几步距离，但顶着顾律己没有任何遮掩的目光，陆两两心里发虚，脸颊不自觉地微微发烫。

她不禁怀疑，顾律己是在用这种方式打击报复吗？

越想越觉得有可能，陆两两移开目光，若无其事地归座。

一入座，肩膀被身后的人轻拍两下，她回过头，一大盒脆香米和一盒热牛奶挡在她面前。

“干什么？”她迟疑。

东西挪开了些，露出了顾律已那张眉目疏阔的脸。

“给雷锋的赔礼。我认识到揭穿做好事不留名的雷锋是一件错误的事情。”

“……”

顾律已以后能做个心理学家了吧！

他怎么能踩着最精准的时间点，递来一把最锋利的软刀子呢？送的还是她最喜欢的脆香米。

陆两两内心已经开始批判她本人了。是她，应该认识到没有与同学友好和平相处是多么错误的一件事情。

她要反省，自责，忏悔。

陆两两放缓语气：“雷锋不需要。”

雷锋要不起，还受之有愧。

“那就当是那天的谢礼。”

“我不……”她习惯性地准备拒绝，看到对面的男生已经抿紧嘴唇，一脸即将要不爽的样子，她非常有眼色地立刻接过，转变口风，“会不收下。”

双重否定表示肯定，陆两两你尿得哟。

“从来没有送不出东西”的这个记录差点折在陆两两手里的顾律己这才脸色晴朗。

他把手掌摊开，下巴抬了抬，说：“把你的保温杯给我。”

陆两两不明所以，也还是听话地将保温杯递给他。

顾律己毫不客气地打开盖子，把里面的汤汤水水一股脑儿倒进杯子里。他拿起来观察了下，一股子豆浆味，看着像是稀释的芝麻糊，倒出来表面还泛着一层沫。

反正看上去是挺让人嫌弃的。难怪每次陆两两喝它的表情，都能扭曲到让人印象深刻。

他问陆两两：“这就是你每天喝得像是要英勇就义的东西？”

她不喜欢喝无糖豆浆到这种程度了？

陆两两弱弱地辩驳回去：“也没有那么难喝。”

顾律己蔑视了一眼，似乎是让她收回这句没什么底气的话。

他不给面子地接着问：“这什么黑暗料理啊？”

“我舅妈榨的爱心养生豆浆！”她咂下嘴，重点强调她为什么喝得很痛苦，“只是我不喜欢没加糖的寡淡味儿。”

“豆浆还有这种颜色的？”顾律己从不喝这种东西，对这方面知之甚少。他晃荡着手中的杯子，接着问，“怎么能倒出这么多渣呢？”

“放了黑豆、黑米、黑芝麻、花生、核桃、红枣进去，补脑补气，营养价值高，榨出来就是这个颜色了。”至于豆渣，陆两两继续解释，“我舅妈说营养全在渣里，所以才没过滤掉。”

豆渣稍微有点划拉嗓子，这是陆两两不喜欢喝的另一个原因。

但她表舅妈都不嫌麻烦地每天一大早起来为全家人打爱心豆浆，她还有什么好嫌弃的，只能一口气喝掉啊。

所以，她只能一次又一次，怀着对表舅妈的满心感激，却又真心不喜欢地皱眉喝下。

顾律己烦躁地揉揉脑袋，越听越不想喝这杯豆浆。但他早就单方面决定好，还她个人情的。这年头做个知恩图报的好人真的很难。

他长舒口气，对陆两两说：“这也当作是那天的谢礼。”接着仰头一口气灌下。

下颌曲线棱角分明地暴露在陆两两的视线里，喉结上下滚动几番。

大概是因为他爽快地帮她解决完今日份的豆浆，陆两两居然觉得今天的顾律己看起来很帅。她把吸管插进牛奶盒子里，啜了一口，开心地把眼睛眯成了一条缝。

隔天早自习，陆两两伏低身子，肩膀靠着桌沿，下巴放在桌面上，嘴巴一张一合地在背诵《师说》。

本来是很专心的，但她似乎感觉到背后有人在靠近，呼出来的气息喷在左耳不远处，极细微地带动周围气流加速。接着，一只修长白皙、骨节分明的手从后面伸出来，把牛奶往她桌上一放，然后带着她的保温杯准备从她视线里撤退。

陆两两反应过来，连忙截住移动的保温杯，猛地一回头：“你干吗？”

视野被T恤阻挡，清新的薄荷香萦绕鼻尖。此时她离顾律己的距离，算得上是咫尺之间。

他仍然保持着身体前倾的姿势，覆盖住了她这片狭小的空间。

顾律己停顿片刻，心跳加速，没有因为被抓到感到局促，反而戏谑地看着她：“被你握着我的手啊。”

陆两两低头，其实她本意不是握着他的手。刚才她着急忙慌地想要拦下保温杯，结果却一把抓住了他的手腕。

她赶紧放开，默背刚刚停顿的“师道之不传也久矣，欲人之无惑也难矣”来平心静气。

“开个玩笑。”顾律己笑了一声，继续把保温杯拿到手，倒出豆浆，动作一气呵成，自然流畅。

“我用热牛奶跟你换豆浆。”他端起杯子，抿了一口，尽量欺骗着味觉神经，“它的味道还不错。你要是不喜欢喝豆浆，我以后都跟你换牛奶。”

“真的？”陆两两再次确认。

“你不愿意？”

陆两两当然愿意了。她连忙点头：“好啊好啊。我为我舅妈的爱心豆浆找到了正确归宿而感到高兴。”

她表舅舅跟小表弟也都不懂得欣赏这款豆浆的美啊。

顾律己又喝了一口寡淡的豆浆，压抑住味蕾传来的抗议，嘚瑟地说：“两两同学，你可真好养活啊。”

陆两两：“顾律己，你可真是个大好人啊。”

九月的天，空气里浮动着栀子花的香味，知了声一阵一阵地此起彼伏。

顾律己别过脸，看向窗外。

转校生的好人卡发得也太容易了吧。

Chapter 4

社会主义接班人从不会骂人！

陆两两日记：

2013 年 9 月 20 日

相信我，顾律己是个好人。

顾律己读后感：

你这是在发好人卡？

但陆两两，现在能遇到一个好人不容易，请你好好珍惜我呀。

1

栏杆上一字排开的盆栽正沐浴在阳光下一片欣欣向荣，下面晒不到太阳的角落还有占据大半走廊的多肉植物。

育德中学的午后赶走了所有的喧嚣，日光似镏金，洋洋洒洒倾泻在她面前。

而陆两两，正蹲在教师办公室外，缩在墙根下的阴影中，欣赏面前的小绿植，顺便还听点壁脚。

她本来是趁着午休没结束，离上课又有段时间的这个点，找班主任咨询点事情，没想到正好撞上这么一出你推我拉的心理战。

一墙之隔的办公室内。

李和章先发制人："顾律己，你最近是不是又做什么事了？"

"上课学习呗，我一遵纪守法的好学生，还能做什么？"

"你仔细想想，有什么需要跟我交代的。老师不怪你，你提出问题，我们一起解决。"

"但我暂时没什么问题啊。"顾律己反复琢磨良久，确定最近没什么把柄在老师手里，才大胆提议说，"要么，我现在去制造点问题，我们一起解决一下？"

"别跟我抖机灵，有同学都跟我反映情况了。"

"老师，不是我说，高三这种紧要关头了，谁还有心思整天盯别人啊。"

"是啊，高三这种关键时刻，大家都专心学习，还有人来举报，足以说明这个情况很严重了。"

门外的陆两两要不是现在没心情，她都能掏手机录下来这段回去放给南澄妙听一下。

顾律己很扛得住，他面不改色心不跳："老师，打小报告这种行为真的不可取。您现在给他养成打小报告的行为，以后让他去社会上怎么混？”

“别扯开话题，我们现在聊的是打小报告的问题吗？”

“可我没有其他问题能跟您聊啊。”

李和章沉默良久，察觉到今天的诱降计划失败，估计他最近是真的没犯什么事，终于妥协说：“行吧，那你保持现状，别惹事儿。还有一年不到就高考了，你跟你那帮兄弟也努点力。‘少壮不努力，老大徒伤悲’，你听过没？”

顾律己微微勾了一下唇，就知道李和章闲着没事来诈他的。

“老师，您少看不起人行不行。我还能给您背诵全篇。”

话是这么说，但他还真背不出第一句是什么。

“赶紧走。还轮不到我一个教化学的，来抽你背诗词。”

“老师，您这样想就太不对了。数学老师还能教物理呢，您跨个科怎么了？”

“你别得了便宜还卖乖啊，逼急了我，我让你默写唐诗三百首。”

顾律己这才收了一副嚣张模样：“行，那我下次再找您聊天。”

顾律己长手长脚，三两步就走出了门。

看到蹲在墙根的一大团，像是受到惊吓般在原地呆愣几秒，等看清楚是陆两两，他才移过去，在她旁边的位置跟着蹲下，带着说完双人相声还没有收回来的优胜感，调笑着说：“前桌，乍一看，我还以为你是多肉成了精。”

"……"

她除了再一次被顾律己的语言天赋震惊，还能说什么?

顾律己纳闷，近距离打量沉默不语的她，接着问："你一直蹲在这儿干吗呢？"

陆两两转过头，不好意思地说："蹲得有点久，我脚有点麻。"

顾律己被她逗乐，笑着站起身，走到她跟前，弯下腰握住她的手腕，借力让她缓缓起来。被他用掌心包裹住的手腕很细，仿佛稍微一用力就能折断的那种柔弱，让他下意识地小心对待。

半晌，等她的腿再也没有麻痹的感觉，顾律己才放开，表情几乎没有任何异样，平稳地问："你来找班主任？"

"是啊。来问班主任一点事儿。"陆两两半是回答，半是解释，"没想到还能听一场相声。"

她的眼睛乌亮似琉璃，倒映着蓝天白云，分外好看。

顾律己"啧"了一声，随意地扯了扯嘴角："李和章平时闲得没事就是戏多，动不动就来钓鱼执法。烦。"

语气有点委屈，像是在跟她抱怨。

这样的顾律己竟然有些可爱，但陆两两毫不同情："活该啊你。平时要是听话点，老师怎么会一直找你？"

她劝道："班主任是个好老师才想再拯救一下你们，你别老气他。"

明明小小一个人，软软嫩嫩的，像个小学生，居然开始语重心长地教育起人来。

顾律已意外地没有生出平时听大道理的烦躁感，他忍不住伸出手揉了一下她乖巧的妹妹头，触感果然很舒服，像他家里养的那只金吉拉。

“你说得很有道理。”他受教地点点头。

陆两两不客气地拍掉他放在自己头顶的手，双手环胸，仰着脑袋瓜，满脸倨傲。

她怎么可能说得不对！

顾律已见状，更想逗她了。

他咧着嘴，一字一顿地说：“但是，我不听。”

“顾律已！”

又怕喊出来的声音太大，陆两两心虚地捂住嘴巴。

顾律已却无所畏惧，他被爹毛的陆两两逗得哈哈大笑起来。

耀眼的日光之下，他笑意盈盈，眼神坦荡，往日清冽的少年气质仿佛镀了一层光芒，更加令人瞩目。

“我开玩笑的，我肯定会听的。”带着安抚的语气，他声音难得温柔，“我走了。你快去找李和章吧。再不进去，他就该出来看热闹了。”

陆两两挥挥手，听话地一头扎进了办公室。

只是顾律己并没有离开，而是学着她的样子，带着“你听了我的，我也要听你的”那种幼稚心态，蹲下来心甘情愿地做了另外一株成精的多肉。

陆两两气急败坏的那声“顾律己”果然被李和章听到了。

一见到人，他就很有同感地问：“顾律己那小子很能气人吧？”

陆两两重重地点头表示赞同。

李和章开心了，他大包大揽地放话：“陆两两，来找老师有什么事？你说，老师全给你办了。”

这句话让陆两两几秒前因为顾律己而稍稍轻松的心情，又重新开始低落。

裤兜里，被陆两两折了好几折的申请表，用它尖利的棱角戳着她的掌心，像在提醒陆两两它的存在。

“老师……”她嗫嚅出声，又戛然而止，挣扎了如同隔世之久，最后松开了兜里的手。

还是不说了，她过不了自己这关。

“嗯？”李和章看出她的欲言又止，于是也收敛神色，耐心地等待她说出下一句。

陆两两干巴巴地笑了一下，说：“没什么。我就是来询问一下，学校的奖学金设置。”

李和章愣住。他教了这么多的学生，还真没人跑来问这个问题。

但他还是仔细地介绍：“我们学校啊，每学期期中期末，都会奖励一次。除了学校的奖学金、校友捐赠的育人奖学金，还有家长基金会给予的奖金，甚至班级里也会奖励……”

总而言之，只要你成绩好，奖学金的金额就足够大。

本来只是拿来当作借口的一个问题，让陆两两满脑子都是一个词——“峰回路转”。

兜里的助学金申请表没有被她拿出来放在别人面前，它仍旧是一个不为人知的小秘密，守护着她无用的自尊。

窗外的顾律己蹙眉思考了会儿，见听得差不多了，他拍拍身边的人，准备回教室上课。

一行人走到楼梯口，言再才开始放声“哔哔”：“两两同学牛哦，好学生问个奖学金都是这么正气凛然。”

顾律己跟他们在球场打球的时候，被经过的李和章叫走。言再几人见他迟迟没有回来，就一起来办公室看看情况。谁知就瞧见顾律己蹲在这里偷听，于是几人也排排坐，跟着听起壁脚。

“正气凛然你个头啊。不应该说‘理直气壮’更贴切一些吗？”楚辞日常为老罗心酸一把。

两个人打打闹闹，跑前面去了，剩下顾律己跟祝贺并排走着。

良久，祝贺轻声说：“两两她……可能需要钱。”

顾律己首先觉得祝贺叫两两有点刺耳，再被祝贺的后半句搞得有点蒙。可这种后来居上的知情人口吻，让他没来由地觉得不舒服。

明明祝贺跟陆两两也没说过几句话啊。

祝贺很少见他这种模样，扬起眉：“干吗，两两是我大表哥的女儿。我爸是她爸的亲舅舅，按辈分，她是我的小外甥女。”

顾律己不管什么辈分，他皱眉：“外甥女就外甥女，说什么小外甥女。你一个大老爷们，说话什么时候这么黏糊了。”

祝贺被他气笑：“她还有个姐姐，是我大外甥女。所以她是我小外甥女，没毛病。”

“行吧。”顾律己收敛神色，勉强赞同，“然后呢？”

祝贺语气平淡：“她父母年初离婚了，陆两两没成年，跟她妈过。听我家人说，她爸以前是优秀青年，白手起家，反正是我这一辈里最有出息的。谁知从去年开始，她爸沉迷赌博，欠了一大笔债。他作死去借了高利贷想要翻盘，结果越赌越输，高利贷越借越多。最后她爸偷偷把家里的车还有几套房子全卖掉还了赌债。她妈气得跟她爸离婚了。”

其实他跟陆两两不算熟悉，陆家很早就搬到了外省，过年才跟他们这边的亲戚走动。可平均一年一次见面的机会，还是让他记得这个小外甥女。

他一直记得，很小的时候，他家没现在有钱，而陆两两跟陆初见会带一堆进口零食来他家里拜年。有一年，陆两两开着那时小孩子都特别想拥有的儿童汽车，问他要不要坐进去一起玩。

祝贺继续："后来很不幸，她外公被检查出胃癌晚期。她外公家只有她妈一个孩子，现在她妈陪她外公在帝都治疗，所以她被转到我们学校。这儿离她表舅舅家很近。"

说了这么多，祝贺才点到题："她家现在大概经济有点困难，她外公的治疗费是笔大开支。原先我爸拿了一笔钱借给她妈，她妈说暂时不需要，后来还是打电话让我爸转过去了。我爸说两两挺懂事的，她以前家境好没吃过苦，现在家里事多，暑假的时候她主动去奶茶店打工攒学费。高三开学了，她妈不准她再去做兼职。我估计她是想拿奖学金，好歹能抵几个月的生活费……"

在家听父母讨论时没感觉，平时在学校大大咧咧跟一帮兄弟玩闹也没感觉，现在她跟别人说起时才有些怅然。

小时候那个每年都让他偷偷羡慕的小外甥女，现在却过得并不是很好。

可幸好，就算她懂得了些人间疾苦，也依旧活得乐观善良，努力向上。

顾律已听得心里五味杂陈，他低垂眼睑，目光落在掌心之中。

之前她的努力认真，她的生气爹毛，她偶尔对着窗外的凝视，一帧一帧在他眼前回放。

他不知道一个生活得如鱼得水的人在遇到家庭剧变后，应该是什么样子。

但他肯定，陆两两现在的一切喜怒哀乐，都是最好的状态。

“喂，你们怎么走这么慢呀！”言再站在不远处，打断了他们的谈话。

“关你屁事！”顾律已提高声音喊回去，他对祝贺说，“回去别跟其他人说起这些事儿了。”

“还用你说啊。”

也就是看在顾律已是他兄弟，最近又跟两两关系不错的份上，他才多嘴的。

陆两两跟李和章道完谢，便离开了教师办公楼。

她就近找了一个垃圾桶，然后把兜里的申请表拿出来，仔细看了一眼，又三两下撕碎扔进了垃圾桶。

“也不知道选得对不对。”她无人可诉，只能蹲下来对地上的黑影认真地说，“不过，生活好像就是这样。”

如果一件事情你抉择不下，那是因为这道单选题，只有错误选项，而你不得不做出选择。

所以才为难，所以才举棋不定。

她沉寂了一会儿，继续说："但是我们这种社会主义好学生，在知道自己写错答案之后，从来都会第一时间就想其他办法来补救的。所以，别担心哈。"

陆两两原本想申请助学金，暂时不让自己再增添家里的经济压力。可得知助学金的申请流程之后，她那一无是处的自尊心对徐女士说了千万个抱歉，她仍然不能接受用家里的困境作为筹码，在全班人面前去跟其他人竞争，然后让大家评价投票。

还好，聪明的脑袋永远不会认输。

她想到了育德中学的奖学金。书上说得对，学习能创造财富。

2

下午第一节是老罗的语文课。

每当他的课排到这个时候，他都会提前来教室，让全班起立大声背诵一首古诗词，一来加深对诗词的记忆，二来是帮助大家在午休后保持大脑清醒。

陆两两在外面耽误了点时间，回到班级时，已经是同学们背完一首《登高》，在听老罗讲课外知识的当口。

他正从网上最近提倡保护方言说起，讲各地方言的不同。

这个话题很接地气，班级里的同学听得都很入迷，偶尔还能提一嘴参与一下。

向来在老罗课上很积极的言再举手提问：“那老师，我们的方言算不算吴侬软语啊？”他粗着嗓，故意拖长音，强行让这句话听起来很婉转。

与此同时，陆两两站在门口，脆生生地喊了声“报告”。

两相对比，更显得言再说的那句不堪入耳了。

全班哄然大笑。

楚辞隔着过道，大声嘲笑言再：“言再，你放心，你是真正的吴侬软语。”

大家的笑声更响了，气得言再抓起书想朝楚辞那张欠扁的脸扔过去。

顾律己单手托腮，望着站在门口有些不知状况的陆两两，眼神柔和，嘴角盛满了笑。

他饶有兴致地想干件落井下石的事儿，于是低声对言再说：“贱贱，来给你补个成语呗。”

被一个兄弟伤害的言再感受到来自另一个兄弟的温暖，言再在心底狠狠地唾弃了楚辞一番，哥俩好地靠着顾律己：“阿律，你对我才是真的好。”

顾律己伸出一只手，搭在他肩上，轻声问：“你知道‘自取其辱’是什么意思吗？”

言再石化。

顾律已快乐地补刀：“就你刚才那样儿的。”

这世间就没有兄弟情这种东西！言再怒。

老罗已经让陆两两进来，他笑得眉目和善，回答面色有点古怪的言再：“吴侬软语一般是指苏州那片的方言。这个我们可以让陆两两来示范一下，我记得她的户籍所在地是S市，离苏州比较近。”

正要落座的陆两两突然被点名，坐也不是，站也不是。

她难道就不能成为这个班级中安静听讲的四十五分之一吗?

答案是显然不能。

老罗示意她站起来：“陆两两同学，你能用你家乡的方言给我们说下一到十吗？”

处在众目睽睽中，要代表吴侬软语方言区人民的陆两两稍感为难。她顿了顿，很负责地解释：“老师，我家那片的方言有很多种，也有分腔调软跟硬的。”

老罗不在意：“没关系，刚才大家都听到了，反正我们是觉得你说得挺软乎。”

想到一分钟前的鲜明对比，班级里的人又笑作一团。

陆两两见躲不过去，便清了清嗓子，试图保持用正常的语速，自然地念出方言版的一到十。她声音清脆，腔调软软糯糯的，杂糅了江南水乡的婉约柔和。

第一次听到这种发音的同学们都觉得很新奇，纷纷在底下窃窃私语起来。

言再早已忘记适才的打击，满血复活的他，非常有自信：“这个调调简单，我一下子就学会了。”

说着作势就要表演给周围的人听，被顾律已用一记眼刀制止。

“你再丢人，就不配在我的朋友圈里有一席之地了。”

言再：“……”

有这么严重吗？

四十五分钟的时间在“之乎者也”中过得飞快。

下课铃声响起，老罗连衣袖都不挥，夹着教案走得潇洒。

南澄妙对陆两两上课演示过的方言非常感兴趣，像个好奇宝宝似的，抓着陆两两问个不停。

“两两，你说的地方话跟我们说的是不是完全不一样？”

南方的方言千奇百怪，说夸张点，走出几步就有可能听不懂了。

陆两两借着拿起杯子小口喝水的工夫，回忆了片刻：“应该吧。我小时候回来过年，都听不懂别人在说什么。现在能听懂大半，但还不会说。”

“那你很厉害啊。我们说的话也挺难懂的。”南澄妙接着说，

“我平时都在说普通话，有些方言我也不会说了。”

陆两两瞄了眼课表，提醒南澄妙拿出下一节课需要的学习资料，摆放整齐后，靠着墙壁，面朝南澄妙：“很多平常用不到的词，我也不知道用方言怎么讲，一般都直接拿普通话代替。我家徐女士老说我说话半洋半土。”

“我妈也说我没用，方言都说不好。”

南澄妙突然想到一个好玩的，问：“方言会不会影响你的普通话发音？比如我小时候很容易混淆 r 和 l。”

“我说的方言里没有翘舌音。以前我说普通话一律是用平舌音，小学二年级后才纠正过来。”陆两两皱了皱鼻子，“不过，我现在还是说不好前后鼻音。”

这点被好多人拿来嘲笑过，可没办法，她的前后鼻音就是无药可救了。

本来在后面跟顾律己一起看篮球杂志的言再，听到这句后忍不住强行插入两人的对话中。

“两两同学，你能用方言说一句话让我听一听不？”

“说什么？”

陆两两很为难。她觉得刻意说一句方言给人听，说什么都很尴尬。

顾律己合上杂志，身体前倾趴在桌子上，跟背靠墙壁的陆两两贴得又近了些。

他双手交叉垫在脑袋下，抬了抬眼皮，促狭地对陆两两提议道："那你用普通话说一下，小青手很勤，很想拉提琴。"

他说得字正腔圆，发音宛如《新闻联播》里的主持人那样精准。

会说前后鼻音了不起哦。

陆两两瞪着对方，试图让他良心发现，可瞪得眼睛都酸了，他仍一副坦然自若的模样。

这时候，陆两两不再为难要说什么话给言再听了。

她鼓着腮帮子横了顾律己一眼，漆黑的眸底倒映着顾律己的身影，继而用方言说了一句不长不短的话。

果然，大家除了"顾律己"三个字还能结合语境语音猜出来之外，剩下的就完全不知道是什么意思了。

顾律己看她原先是奓毛的样子，说完这句话就一副"大仇得报"的坏笑模样，料想她大概说的不是什么好话，但也不至于是骂人的程度。

应该是类似"你很烦"这种话吧。

他表情玩味地望着她，轻飘飘地问："你该不会是在骂我吧？"

陆两两大义凛然地反驳："怎么可能，社会主义接班人从不会骂人！"

言再挠挠头："像是在听韩语。"他不耻下问，"你刚才说的是什么意思？”

好话不说第二次，但坏话能怼人两次，陆两两还是特别开心的。

她的眼珠骨碌转了一圈，挺直背脊，很神气地对着顾律己又说了一次：“顾律己，你这人真的很讨厌哎。”

明知道她这是在埋怨，可听在耳朵里娇滴滴的，像是在撒娇。

可她本人一无所知，说完就果断转回身，单方面拒绝进行任何谈话。

南澄妙咳了咳，很有求生欲地跟着坐好，面朝黑板。

一旁的言再拿出手机，在 QQ 群里悄摸摸地发了一条：“两两同学说阿律讨人厌。”

楚辞：“让转校生收回这句话！我不允许转校生这么说律哥！”

祝贺：“你这戏有点过了吧。”

楚辞不听，继续夸张：“我要跟转校生决斗。她已经欺负了律哥一次，绝对不能再欺负我律第二次！育德中学的门面担当从来不会讨人厌！”

言再偷瞄着顾律己，发现他并没有生气，一贯自由散漫的脸上此刻居然挂着一抹切切实实的微笑。

言再的手抖了一下，在手机上打出下一句：“可是，阿律笑得很开心！他是不是傻了？”

[楚辞撤回了一条消息。]

[楚辞撤回了一条消息。]

楚辞："两个人的世界不应该有第三个人插足。对不起，我打扰了。"

今天最后一节课是自习，李和章难得地没有把它变成另一堂化学课。他给大家放了一部电影《楚门的世界》。

跟李和章斗智斗勇了四个多学期，已经非常熟悉他套路的楚辞，在座位上努力拒绝："老师，我们不想看电影！"

李和章微笑："电影是一定要看的，这节课我就准备了这个。"

"那老师，我们不写 800 字读后感，也不写 1000 字观后感！"

李和章笑得老奸巨猾："谁说我要布置读后感了，你别危言耸听，我是好心给大家放松心情。"

楚辞总有一种不祥的预感，但他修为太低，还是猜不出来会发生什么事情。

电影只放到一半，下课铃就响了。大家忙着行动起来，收拾东西准备回家过周日。

没错，高三狗的周六排满课程，只配过周日。

李和章关掉电脑，轻咳一声："同学们，助学金可以申请了。下周二之前，要申请的交我一份申请表。下周三班会课上，请申请助学金的同学跟大家说明一下家庭情况，其他同学酌情投票。"

底下整齐地应了一声“好”。

陆两两轻呼一口气，听李和章往下说。

“还有件事。九月份只剩一个星期了，所以，下周四五两天，我们高三年级进行月考。为了帮助大家适应高考，这次特地按高考的流程走。考号随机打乱，到时候贴在学校公告栏里，大家记得查看。”

班级里瞬间怨声载道，呼天抢地。

“果然，我们班就没有什么免费的电影！”楚辞撕心裂肺地哀号，他抱着祝贺，做痛哭状，“谁也不准跟我抢，我要第一个去花园喂锦鲤！”

李和章勾起嘴角，看着这群小崽子闹，双手背在身后，带着“高手总是寂寞的”那种得意心态，悄然退场。

3

转眼就到周三。

南澄妙今天精神状态很不好，早自习就趴在桌子上睡了一小会儿，上午的英语课又说身体不舒服，继续睡过去了。

陆两两原本想关心一下她到底怎么了，但看到她困得连话都没力气说，只能把原先身上披着的午睡毯，盖在南澄妙身上。

酷日炎炎，蝉鸣交织，教室在下课后就开了冷气，伫立在班级后方角落的立式空调正好对着她们这个方向吹。

乍然失去空调薄毯的温暖，被强力输送过来的冷气拂到她裸露出来的皮肤上，激起一阵鸡皮疙瘩。陆两两不自觉地用手搓了一下，狠狠抚平冷战。

她想去调一下空调，但熟睡的南澄妙挡住了出去的路。她只能弓腰贴着桌子，缩在南澄妙后面，妄想躲避这股寒流。

顾律己正在跟言再"双排"，余光中看到前面一人小动作不断，他把手机放下，抬头注视良久。因为失去队友配合而身死道消的言再一脸蒙，质问在状况之外的顾律己："哎，你干吗，我们正在上分啊，朋友。"

声音凄惨，语气夸张。

陆两两不禁侧目，想关心下顾律己对言再做了什么罄竹难书的事情。只听顾律己随口敷衍了一句："手机没电关机了。"

可你正插着移动电源啊！你瞎了吗！

敢怒不敢言的言再，无语凝噎。

顾律己没再搭理，他脱下套在白T恤之外的短袖衬衣，递给看热闹的陆两两："喏，冷的话，就先拿去披上吧。"

"你不冷吗？"

言再被顾律己这拨重色轻友的操作弄得心灰意冷，插话说："这件衬衫是他拿来拗造型用的，你尽管用。"

对于这种损毁形象的助攻，顾律已只用眼神发起黄牌警告，并没有拒绝。他淡淡道：“没事，我不冷。”

陆两两感激涕零：“顾律已，你要是出生在古代，一定是成语‘雪中送炭’故事里面的那个人。”

棉质短袖余残留着顾律已的体温，陆两两接过之后，微微顿错半刻，然而不留情面的冷气让她来不及多想，迅速地把衬衣披在身上。

在包围着她的清冽雪松味中，她听见顾律已跟言再说：“‘雪中送炭’这个成语，会用了吗？”

言再立马造句，用事实说明一切：“阿律，你刚才就是在雪中送炭。”

“那为了帮你交学费，你先起开让我出去。”

陆两两转身，看见顾律已径直往教室另一侧走去，在立式空调前站定。他简单粗暴地把出风口所有风页都往上推，直到再也推不上去为止。

那股让她透心凉的冷气瞬间变了个方位，陆两两嘴角微微勾起。

坐在附近忽然感受不到空调效果的男生仰头问：“阿律，你干吗让冷气全都往上吹了？”

“这样子制冷效果更好一些。”

“你别以为我没读过书就骗我！”

顾律已漫不经心地说：“我至于骗你这个傻子？”

他的视线瞥向陆两两，看她狗腿地朝他比了一个大拇哥，心中一阵好笑。

他回神接着跟那群男生闲扯：“冷空气下沉，热空气上升。同学们，地理课本教育我们，以后开空调往上吹，才能冷得快一些。”

“而且……”他垂眸，居高临下，“这样才不会吹到我。”

楚辞从言再大喊开始，就一眨不眨地盯着抛弃队友、递衣服、哄骗同学、调空调的顾律已。

他宛如一个老父亲般，擦去眼角不存在的泪水，老怀欣慰地对祝贺感慨：“贺贺，我们家的律仔他长大了，会追女孩子了。”

祝贺拿掉塞在耳朵里的耳机，他没听见楚辞说的话，看楚辞犹如看智障：“你这是又演的哪出戏？”

楚辞兴致全失，嫌弃地从祝贺手里拿过耳机，重新把它们塞回到祝贺的耳朵里。

算了，跟他说不清楚。

楚辞把目光转向蒙了的言再，笑得幸灾乐祸，飞快撕了一张纸，写了两句话，抛给言再。

“贱贱不哭。阿律只是长大了，已经学会怎么去追女孩子了。”

知道自己为何被抛下的言再，收到这张字条，悲从心中来。他回复说：“而我，被他过河拆桥，用过就扔？楚辞大兄弟，我号召大家一起孤立阿律，保护好我们的兄弟联盟。”

楚辞乐得哈哈直笑，把字条揉成团，在言再绝望的注视下，抛给顾律己。

4

直到同学们做了一套课间操，在时代的召唤下，南澄妙才清醒过来。

她抱着陆两两的胳膊，嘚啵嘚地控诉凌晨遭遇的噪音困扰。那时无处发泄的怒火在经过六七个小时的酝酿，此刻全都转化为语言的力量。

“昨晚我们公寓楼那边有个失恋了的神经病，半夜不睡觉在那里大吵大闹的。哭声实在太尖厉了，我睡得那么死都被吵醒，然后就没睡好。”

南澄妙住在校外的学生公寓里。

当初陆两两来办理转学手续，教导处老师就专门介绍过，学校除了校内的学生宿舍之外，在马路对面还有学生公寓。公寓一共10层楼高，电梯里需要刷楼层卡，提供24小时管家式物业服务。而且学校有专门的宿管阿姨和值班老师，1到5层是男生住，6到10层是女生住。每一层配有一个家电齐全的厨房和一个洗衣室。

设施和服务比学校宿舍楼完善很多，同样的，每学期的住宿费也是学生宿舍的若干倍。

“就她那种失恋之后就扰民的素质，我祝她孤独终老。”似乎觉得还不够狠毒，南澄妙瞬间改口，“不，是一直在交往，马上就失恋。”

“宿管阿姨没去管吗？”陆两两送上同情的目光。

南澄妙满脸沧桑：“打电话给宿管阿姨和大楼管理处了，结果都没什么用。那女生是冲窗外喊的，夜里静得居然有回声，分不清是从哪里吼出来的。就算圈出了几个最大可能的房间，只要那间房住着的人死不承认，大家也都无法确认。”

这倒也是，陆两两表示理解：“然后呢？”

“从凌晨三点半左右开始，持续到四点。断断续续，喊累了就休息会儿，休息够了又开始。我现在回想起来，还是感觉魔音入耳。”她翻了个白眼，做出一个受不了的表情，“最后还是得感谢热心居民顾律己。”

“又关他什么事？”

“对！热心居民顾律己！我要写1000字作文赞美他！”南澄妙对他的感激之情溢于言表，“顾律己去开了公寓的广播，说要是她再敢号一嗓子，就征求大家同意，让宿管阿姨拿备用钥匙开门，一间一间查，找到人后报警送警察局，天一亮就让她退租滚出公寓楼。”

“顾律已怎么这么‘刚’啊？”

陆两两回想起刚刚做操时，他随意地晃了几下手臂，就能吸引住周围几个班女生的所有目光，但是没人敢跟他随便搭话。他们都说顾律已性格其实有点冷，不爱搭理人。

陆两两却认为，虽然他整天漫不经心，但还是个待人接物很周到体贴的好人。

仔细想想，似乎她对顾律已的印象与别人出现了点偏差。

忽然，陆两两感觉校服的后衣领被人拉住，紧接着顾律已低沉的嗓音在耳后响起，语气里隐隐约约有丝笑意：“陆两两，又被我抓住说我坏话了。”

“我哪有！”陆两两反驳。

顾律放开揪着她衣领的手，走在陆两两的旁边，反问：“你说我很‘刚’？”人心不古世风日下，他谴责，“你上节课间才说我雪中送炭，还对我竖大拇指的。”

陆两两立刻表明立场：“‘刚’是褒义词啦。而且，我们上一句话明明还说你热心。你不要老是往坏处想。”

一旁的南澄妙举手：“我证明，刚才真的是在夸你。”

“哦。”顾律已点头，随即问，“你们在聊什么，能说我热心。”

南澄妙：“我跟两两说，半夜公寓楼那边有个人吵得让大家都睡不好觉。”

陆两两忽然想到了什么，接着说："可是我没看出你哪里睡不好觉了啊。"

她凑近，仔细观察顾律已的脸色，皮肤白皙，没有毛孔，连黑眼圈都没有。

顾律已被看得不自在，按住她的脑袋，推开距离："平时熬夜玩游戏习惯了，可能我精力比较好。"

"可是，"陆两两下意识地接话，"熬夜杀精啊。"

一瞬间，顾律已面无表情，很想拿块胶布把她嘴巴封上。

南澄妙"噗"地笑出声，一时嘴快的陆两两将将反应过来她说了什么，不由自主地对上顾律已难看的面色。说真的，他板着脸还真的有点唬人。

陆两两缩着脑袋，痛心疾首地竖起食指跟中指，高举过头："我下次，再也不会在大街上乱接那些印着男科广告的宣传扇子了。你信我！"

想到那些扇面上的广告词，顾律已的脸更加黑了："陆两两，你要是再开口说一句话，下一封检讨书就得1000字了。"

下午班会课，李和章站在讲台上，简单地说了一下高三学年的助学金，班里一共有五个人申请。所以，需要这五位同学站在讲台上，说明一下申请理由，再由大家票选出其中三位。

陆两两看着陆续站在台上的各位同学，神色有点恍惚。

她没听清他们具体讲了些什么。有人哭了，有人无父无母，有人家逢大难，有人的长辈瘫痪在床……

各有各的不幸。

最后上台的是体育委员，男生，平时性格开朗，乐于助人，班里如果有什么需要出力的事情，他都第一时间站出来。

他似乎有点不好意思，双手无处安放似的一直变换动作："站在这里跟大家说这些，我……"

他顿了很久，还是不想说出下面的话。

他抿了抿嘴，重新说："我高二申请过，该说的家庭情况那时候我已经说过。我妈现在在摆摊儿卖吃的，收入勉强维持家用，但我爸的治疗费用一直是个无底洞……"

他字字凝重，字字心酸。生活的重担让他早早懂得世间冷暖，也让他放下所有自傲。

不知道是哪个男生突然喊："加油，高哥。"

然后，此起彼伏的加油声没有停止。

台上的体育委员终于红了眼眶。

陆两两扭头，望着窗外，不愿意看他想哭却竭力克制的隐忍。

都是心高气傲的年纪，谁不想成全自己骄傲的自尊，保留那点光鲜体面；谁希望把自己的窘迫暴露人前，硬生生地跟其他人划出一道鸿沟，比他们矮上一截。

可，谁让他别无选择了。

身后低低的谈话声，打断了她的思绪。

言再说：“高哥是真的不容易。前两个上去的，肯定有编造成分，平时花钱买东西也没见他们眨一下眼。”

“你不是别人，没有经历过他们的生活，不要随便以己度人。”顾律己的声音如往常般低沉，但说得无比清晰，“有人重骨气，有人看利益，你要尊重每个人在自由意志之下的选择。当然，你也可以做出自己的自由选择。比如，不投票给他们。”

陆两两凝望着远处那株桂花树，脸颊边绽放了一个浅浅的梨窝。

Chapter 5

没有通宵看抗战剧的大佬不是好校霸。

陆两两日记：

2013 年 9 月 30 日

一个熬夜看抗战剧的校园大佬……

顾律己读后感：

现在却在陪你看爱情喜剧。

1

周四一大早，阴霾的天空中飘着细雨，褪了点平日里的燥热。

耳边充盈着“国庆找哪天一起去游乐园啊”“不窝在床上玩一天的游戏，我就不配是一条享受假期的高三狗”“我跟初中同学约好要一起逛街”……陆两两被挤在人流中，闻言赞叹，学校可真是个小机灵鬼啊。

马上就要放长假的喜悦迷惑了广大无知考生，仿佛今明两天悬在他们头顶上的这把叫作“月考”的刀是塑料做的。

至少，每个人走向考场的神情不再是一副英勇就义的模样。

顾律己在考场最靠边的第三排坐定，枕着右臂，朝楼下一看就锁定了人群中最开心的崽。陆两两手拿出镜率很高的保温杯，背着双肩包，迈着好像是去秋游的步伐，一蹦一跳，似乎眼前的路是直通奖学金的。

他想起陆两两在老师办公室里那句理直气壮的“咨询一下奖学金”，嘴角勾起淡淡的微笑。

好学生的气势到哪里都很足，平时凶萌凶萌的，性格还挺讨喜。

目送她进入教学楼，顾律己调整了姿势，左手托腮，模样依旧懒散，空出一只手，闲不住地把放在桌上的牛奶推倒又扶起，继续推倒，继续扶起。

忘了从什么时候开始，每天早上给陆两两带热牛奶已经成了他的一种习惯。

十多个回合之后，11号考场门口出现陆两两的身影。

顾律己拿起牛奶，朝她挥了挥。

原本打算去找座位的陆两两，不顾考场里的目光，脚下打了个弯儿，向顾律己走去。

行吧，爱心养生豆浆虽然能迟到，但不能缺席。

顾律己的营养健康由她来守护。

陆两两带着一身湿气，三两步来到顾律己身边的空座位坐下，问：“大佬，喝养生豆浆吗？多种营养元素补充人体需求，让你活力满满的那种。”

虽然是问句，但手上的动作一点都不迟疑，她周到地拧开杯盖，等待着顾律己拿出杯子。

画面定格几秒，顾律己缓缓开口：“你看一圈考场里的桌子，请问上面有杯子吗？”

陆两两没有照做，反而眯着眼睛，威胁般地盯着他：“你的意思……”

“对，没带。”

“那你这牛奶……”

“给你的。”

顾律己把牛奶转移到她面前。

“所以你是记得跟我……”

“嗯。”

顾律己点头。

要是忘了他还买什么香蕉牛奶，他不喜欢喝任何口味的牛奶。

两个人神奇地用同一个频道交流了几个来回，陆两两从面露凶光到不露声色，最后思索片刻把打开的保温杯递过去：“行吧，你用我的杯子喝吧。”

她想补充一句：“我……”

“我知道。”

小老弟，我才刚开个头，你就知道了？接对子都没你接得这么顺其自然。

深感被敷衍的陆两两鼓着腮帮瞪着他。

可她的青蛙式凝视也没能让顾律己在意。

他当然知道她要解释什么。

陆两两平时喝水是用杯盖上的出水口喝的，杯口没用过。

他打了个哈欠，不急不缓地拿起杯子仰头就喝。

他喝了几口便停下，挑眉回望她，眼神似乎在说：你说我是不是真知道？再说了，我也不嫌弃啊。

顾律己的这个眼神自带语音，陆两两准确无误地接收到了。

她悻悻地收回锋利的眼刀，默默地把包里用保鲜袋装着的烧卖拿出来，分出了两只给他算作刚才的赔礼。

可是，只想听清楚这两人在说什么的广大吃瓜同学并不懂他们之前的小机锋。

他们连“之乎者也”也不背了，他们殊途同归地在桌肚底下，拿着手机向高三群里其他不能亲临现场的人转播——

顾律己给陆两两带牛奶了！

陆两两给顾律己带早餐了！

顾律己还拿陆两两的杯子喝东西了！

这不是间接接吻是什么！

四舍五入一下，我宣布他们可以送入洞房了！

一屋兢兢业业备战高考的高三狗里偏偏有两个动摇军心的脱团狗叛徒，请问能烧死吗？

2

还好，及时到来的两位监考老师，浇灭了大家马上要燃起来的这把“烧死叛徒”的火。

窗外的雨淅淅沥沥下得缠绵，考场里安静得只剩下试卷被翻动而发出的沙沙声。

陆两两大体查看了一下题目，不出意外地都在她的答题范围内，于是就更从容地从头做起。她熟练地认完易错字，默完古诗词，翻译完文言文，再生动形象地答完阅读理解，最后把平时准备的一篇范文改了改，变成今天的命题作文写上去。

扫了黑板上方的挂钟一眼，还有半个小时考试结束。

再检查一遍答题卡，她起身交卷，径直走出考场。

11 号考场门口，言再拉着楚辞靠在护栏上漫无目的地吹牛皮。

听到门打开，两人眼前一亮，在看到是陆两两后，又失落了那么一丢丢。

不过出来的人是陆两两也不错，至少他的吹牛皮对象可以换一个人了。言再招呼着：“两两同学，我们来聊一块钱的天。”

他拍了拍身旁的空地儿。

于是三个人齐齐地面朝教室，望着那个趴在桌上睡觉后脑瓜子冲着他们的背影。

“你们俩在这里等顾律己？”

“是啊，跟孩子妈一起接我家律仔放学呢。”楚辞说得很自然。

言再一愣，转而狠狠地捶了他一下：“我去你的孩子妈，等下就让阿律来大义灭亲、杀父成仁。”

言再这样子的傻白甜简直让人无语。

陆两两作为陪聊，很懂聊天艺术，她顺着楚辞的角色扮演继续对话：“那你家孩子上课很不认真听啊。”

加个“很”字，是想更精准地表达出她的感叹程度。

之前开考后没多久，她答题答得心无旁骛，直到被顾律己堂而皇之的一声“老师”给打断思路。

坐在台上的监考老师用眼神镇压了各路想探听的苗头，快步走下来。

下一刻，顾律己一贯散漫的声音响起：“老师，我该做的题都做完了，现在还没到交卷时间。我先睡一会儿，麻烦您等下交卷的时候再叫我。”

别说陆两两，监考老师执教数十年，见过形形色色的学生，也听得很震惊。

待陆两两扭头去看时，入目的已经是一个高冷的即将进入睡眠的后脑勺了。

而这个后脑勺，现在仍旧睡得纹丝不动。

言再不以为意：“孩子不听话，多半是缺顿打。”

“贱贱长本事了啊。”楚辞打开手机录音功能，“你对着手机再说一遍，我录下来等下给阿律听。”

言再推手，不敢不敢，他认㞞。

临近交卷时间，走廊里的人陆续多了起来。

楚辞要说个顾律己的小秘密，避免被其他人听到，三个人小小地围成一个圈。

楚辞用气音悄声说：“阿律最近迷上看《亮剑》，连着通宵看了三天，眼睛布满了血丝，还没看完。要不是他需要拿这次的成绩去跟他爸换零花钱，他都想缺考接着看。”

陆两两：“？”

她不敢置信，脑子里对“亮剑”这个词产生了怀疑。

陆两两：“你说什么，我没听清。”

楚辞：“……”

我要是原汁原味地用气声再给你重复一遍，我会死。

还好陆两两放过了他：“《亮剑》？是我知道的那个让无数中老年大叔们心心念念每天追剧的李云龙？”

“是，没错，就是那个二营长，把老子的意大利炮拿上来！”楚辞赶紧给予肯定。他怕陆两两误会顾律己是个痴迷抗战神剧的抠脚大叔，还特地解释，“比一般的手撕小鬼子，手雷炸飞机高端多了。”

是很高端。

位于三人中间正对着门口的陆两两，望着从考场里出来的顾律己，肃然起敬。

“你这是……崇拜的眼神？”顾律己揉揉眼皮，暗哑的声音裹着一丝倦怠。

很难看出这副样子的他是个看抗战剧的热血爱国少年。

陆两两摇摇头，促狭地用气音说：“没有通宵看抗战剧的大佬不是好校霸。”

顾律己顿住，表情冷硬，对旁边两人说：“我允许你们先跑39米。”

3

周五最后一门理综考完，等在11号考场门口的人除了言再和楚辞之外，还多了祝贺跟南澄妙。

楼下的校门还没开，考生们从各个考场里面鱼贯而出，向校门口拥去。

言再走在前面，面朝大家倒退着走路。

他晃着手里那张计划表，单方面宣布他制定的七天假期安排："我宣布，'七天旅游团'从这一秒起正式营业，你们每个人都被强制性参团。本导游已经合理安排好了七天行程，争取不浪费国家长假的一分一秒……"

后面太多话，顾律已不稀罕听。

他放缓脚步，立刻落到后面，跟陆两两并排。

陆两两今天用黑色小皮筋把前半部分细软的发丝高高地扎成一个小鬏，有几绺短发不听话地落下来，让难得露出来的白皙耳朵又有些犹抱琵琶半遮面的意思。

顾律已对陆两两这个新发型很新奇，抓住小鬏鬏晃动一下，被她"啪"一声打手制止。

"上一个我心甘情愿让他碰我头发的是理发店里的托尼老师。"

"小气鬼。上一个我愿意动她头发的还是我妈呢。"他收回手，换了个话题，"你放假去哪儿啊？"

"不知道，反正不浪费长假的一分一秒。"

陆两两垂下眼睑，阴影遮挡住眼底的情绪。

其实她想去帝都看外公，可被徐女士严厉制止了。

“要不，一起出来玩？”

陆两两摇头：“大概没时间。”

“不是不知道吗？”

陆两两犹豫了一会儿，小声说：“我舅妈家隔壁有个高二学生，成绩很差，他家长想让我帮他补习。”

每天下午三个小时，一百块钱。放假七天，陆两两能赚 700 块生活费，也算是变相地重新复习一遍基础知识。

“就是那人看起来很烦补习这件事，要是不配合到时候没达到什么效果，就很尴尬了。”

所以，陆两两还在纠结要不要答应。

顾律己笑意顿歇，正准备说什么，学校广播里尖厉到仿佛能划破耳膜的噪音，打断了他的话。紧接着，李和章温厚的声音传到了校园的每一处角落。

“高三年级全体同学请注意，高三年级全体同学请注意。”

被点到名的每个高三学子，心中同时泛起不好的预感。

“为了保留大家对国庆假期最大限度的期待，我们高三年级组的老师集体隐瞒了一个消息。现在不得不遗憾地告诉大家，高三年级的国庆假期只有三天。我简明扼要地再播报一遍，请所有高三同学在10月4号上午七点准时在教室内报到。最后，高三全体老师祝大家，假期过得安全又开心。再见。”

陆两两听到了顾律己清晰地飙出一个脏字。

言犹在耳，让她差点以为，是她不小心把心里话给说出来了。

高三老师是真的皮，可没办法，谁让他们是高考之前没人权的高三党呢。

“只有三天了，你还去当小老师吗？”

顾律己又手贱地晃了晃那个仿佛垂头丧气等着他去抓的小鬏鬏。

这次陆两两再也没心情把他的手打掉。

她辨别不出自己是更可惜那随着广播消息而插翅飞走的700块钱，还是更开心她不用去看那个高二学生的臭脸？

又或者是，更心疼瞬间缩减成三天的假期？

整个学校几近沸腾，充斥着鬼哭狼嚎的哀鸣。

陆两两甚至听到楚辞他们开始策划怎么躲过学校的监控，去拔掉李和章的自行车轮胎的气门。

真幼稚！

她想替李和章挽救回他的自行车轮胎气门，结果肩膀被顾律己戳了几下，她下意识一回头，脸颊被他蓄意摆好的手指戳得陷进去。

得了，这里有一个更幼稚的。

“顾律己，你真是三岁都嫌多！”陆两两移开脸。

她飞过来的眼刀外强中干，不带任何威力。

顾律己警告道：“给你三秒钟收回这句话，要不然三分钟后你就会后悔。”

“不收！”

“……”行吧，他不跟小矮子一般见识。

顾律己直接说：“我这边有一份兼职，你要不要试试？”

“什么兼职？”她恹恹地回了一嘴，对这句话没抱希望。

“产品介绍的中译英，技术含量不高，费用按每千字150块来算。要是翻译得不错，以后可以涨到每千字200块。”

陆两两听着心里没有底：“这么专业的东西，我肯定译不好的。”

“都说高三是人生的知识巅峰了。你一口一篇文言文，一算一道几何题，还能对着单词写音标。陆两两，要有信心啊。”

陆两两撇嘴，并没有被安慰到。

顾律己无奈，他这是换豆浆换出来的前后桌情谊吗？

听祝贺上次说完，他就无意识地开始多留心陆两两的状态。并不想过度解读她的生活方式，但顾律己还是觉得陆两两乐观、善良、有毅力，所以他想力所能及地帮帮她。

纠结那么久，他才在恰当的时间给她介绍一份合适点的兼职，也很辛苦的好吧!

走在前面几步的祝贺听完全程，明白了顾律己的好意，马上过来助攻。

他编出一套微商式的煽动性广告词：“我觉得可以有。你想想，每天两千字，是不是月收入快一万了？日积月累说不定还能喜提一辆高铁。”

这句话的效果立竿见影，连南澄妙都开始替陆两两心动起来：“两两，这种好事顾律己要是想到我，我立马点头如捣蒜地答应！虽然我英语成绩不太好，但是《汉英字典》拯救了一个不完美的我啊！”

“南澄妙，你就别为难《汉英字典》了。它拯救不了你。”抄她作业的言再很有发言权。

在一众插科打诨中，陆两两矜持地说：“我先试译一下？要是觉得我译得可以，我就接。”

晚上，顾家别墅。

顾仲言难得赶在饭点回来，看到在右手边安静吃饭的顾律己，似乎想到什么，放下筷子问：“孔秘书说，你找他要了几个小项目的资料？”

顾律己平淡地点头：“嗯。”

“做什么？”

“中译英，练英语。正好这些项目不是也需要英文版资料吗？”顾律己把早就准备好的说辞拿出来，“到时候翻译完我发给孔秘书，让他给我算工资。”

工资不工资倒无所谓，但是，练英语？

“你英语还需要练？”

顾律己小时候跟着他爷爷奶奶在英国长大，后来他爷爷奶奶在新西兰养老，他也是每年都要去那边待一两个月。

“能一样吗，你让外国人参加英语高考试试，看有多少分。”

顾仲言更加不敢相信他儿子能说出这种操心成绩的话来。

他伸出手，以迅雷不及掩耳的速度掐住顾律己的脸，忽略顾律己惊呆的傻样，仔细捏了两下，确认这真的是他那个厌学的儿子，才悻悻地放开。

“老头子，你干吗？”

“寒窗苦等十七年的老父亲总算等到叛逆儿子一朝懂事好好学习天天向上，我太惊讶了。”

他激动地再次出手，把顾律己的头发揉成一团杂草。

……

顾律己一时无言，用舌头抵了一下刚被捏住的口腔内壁。

陆两两下周要是不发自肺腑地夸他 800 字，他……

算了，他也不能做什么。

做好人很难，做雷锋真的很难。

如果陆两两现在在他跟前，他能把她的妹妹头揉成鸡窝，再用双手将她的两颊捏出两团高原红，把顾仲言给他的捏脸伤害双倍转移才罢休。

4

如果时间有流速计算，那么上学的日子应该被放慢了 2 倍，放假的时间肯定被加快了 4 倍。

高三学生还没过足为祖国母亲庆生的瘾，就已经全员消沉地坐在班级里了。

面对对面那幢空旷到过分寂静的高二教学楼，那边靠窗的有个男生打开窗怒吼：“天道好轮回，苍天饶过谁！明年这时候，你们都上课！”

声嘶力竭，把一只脚还没踏进教室的李和章吓了一跳。

李和章把一沓卷子交给化学课代表，让他满教室地发。

他自己倒是职业病犯了，叉着腰站在讲台上就想给同学们灌点鸡汤。

“干吗呢这是，一大早就不能积极向上、充满阳光吗？”

“老师，我们伤心！”

李和章面不改色地再扎一针：“等卷子发到手，你们看到成绩，会更伤心。”

这种欺负学生的班主任是真实存在的吗?

众人愤愤：“老师，国庆法定假期七天变三天，就不能让我们发泄一下吗！”

说起这个，李和章就有话说了：“你们的假期变成三天，难道我就不是？你们放了我自行车轮胎的气，我就不憋屈了？那天下午我饿得要死，还得扛着车回家，我找谁去哭？”

呕心沥血的三连问，让同学们不敢说话，面上保持着“怎么发生了这种事情”的震惊，心里却乐开花。

始作俑者之一的楚辞对得起他名字的文化水准，施施然开口：“老师啊，水能载舟亦能覆舟，你们那条通知，注意，是临时广播通知激起了人民群众的愤怒，然后就翻船了。”

“所以你们就欺师灭祖，对我下狠手？”李和章恨铁不成钢，“知不知道什么叫不杀熟？你们要出气，那么多高三老师，偏偏……”

言再辩解：“老师，只有你骑自行车，这个好放气。”

他那张七天长假计划表做得容易嘛！

“……”

敢情还是骑自行车上下班想锻炼身体的他错了?

“迟早要被你们这群无法无天的小兔崽子给气死。”

听言再这样子的不打自招，还真的是他们干的?

陆两两回头看向顾律己，这是一群能动手绝不会瞎“哔哔”的狠人。

顾律己靠着墙，坐在阳光未及的阴凉里，像是全身上下没有一块骨头一样，松松垮垮的。T 恤领口滑下来，露出清晰的锁骨线。

“怎么了？”他问。

陆两两招手让顾律己凑过来，用极低的音量问：“是你们做的？”

他嘴唇抿成一条直线，没有承认也没有否认，那就是默认了。

刚挪动了点位置，还不算太热的晨光透过窗户照进来，打在他脸上。他稍稍眯起眼睛，浓密的睫毛在眼下遮挡出一小片的阴影。

陆两两走了神，她看到他清浅的眼眸里，盛满了她小小的影子。

半晌，她才移开目光：“心疼李和章，和他的自行车。”

“你还有时间心疼李和章，资料翻译好了吗？”他变换了个姿势，双手叠放在一起，下巴抵在手臂上。

顾律己把翻译资料分成好几部分，每次给陆两两发一点。第一次发她的 1500 字，她花了两天翻译完。昨天早上发了第二次。

陆两两想到银行卡里收到的转账信息：“给我的稿费是不是打多了？不是千字 150 块吗？昨天我收到了 500 块。”

顾律己：“没错。是按英文单词的字数算的。”

反正发的是顾仲言的钱，怎么发还不是他说了算。

没有社会经验的陆两两很单纯，欣喜道："啊，做翻译可赚钱。"

不多会儿，课代表已经发完试卷，李和章端起老师的威严："试卷已经发下去了。所有人把做错的题目都抄在化学错题集上，85 分以上的抄一遍，75 分以上的抄三遍，及格线以上的抄五遍，再加一张基础化学卷。没及格的……"他视线重点落在言再跟楚辞身上，别以为他不知道是谁拔的气门，"每道错题抄十遍，还得额外做两张基础卷。"

言再颤抖着手指，对顾律己比出"2"，难以置信地捂着心口痛不欲生。

他拍着南澄妙的肩垂死挣扎："做两张试卷的名额里有你吗？"

要是南澄妙不做这两张试卷，他该去抄谁的呢？

不做试卷要被请家长，请了家长就要扣生活费。

高三不易，言再叹气。

南澄妙沉浸在一张基础卷的悲伤之中，听到言再这句话，白眼都快翻上天了。

"求你念我一点好的成不成？"

"这不是没有你我写不完试卷吗？李和章好狠的心！"

这个给差生加大作业量，还能杜绝抄作业的操作，牛！

南澄妙瞪他："你的良心也没好到哪里去。我单方面宣布我们的合作关系解散。”

她拒绝再跟后座的言再继续对话。

余光中，瞄到陆两两的理综成绩，91+87+85=263。化学成绩正好是 85 分。

正巧，李和章在台上夸奖：“这次我们班级最高分是陆两两，理综成绩排全校第一。”

他说得与有荣焉，幸亏当初顶着跟 8 班班主任绝交的风险，也把人抢到手了。

“哇，两两！”南澄妙惊呼，“你考得也太好了吧！”

言再想到李和章刚才说 85 分以上的抄一遍，绝对只是为了把陆两两给分出来。

这一刻，他感受到了区别对待。

陆两两看了一遍扣分的题目，面对大家敬佩的目光，她忍不住讨了一回打：“嗯，常规操作而已，不值一提。”

顾律已看到她泛红的耳垂，哼笑了一声，望向窗外。

Chapter 6

三年7班的顾律己，
Please listen to me.

陆两两日记：

2013年10月17日

睡着的顾律己，像天使。

这句话的成立，修饰词很关键。

顾律己读后感：

我不管，你就是在夸我。

陆两两，背后夸人不可取，以后请正面赞美我。

1

“金秋十月，丹桂飘香，运动健儿们奋勇向前，在这场青春里挥洒汗水……”

广播里的声音清新甜美，但这抑扬顿挫充满激情的播音腔，还是让顾律己把没来得及咽下去的一口水喷出来。

“咳咳咳……”

“你怎么了？”言再疑惑。

国庆假期之后的第二周，育德中学开展了秋季运动会加游园会的活动。

楚辞在跳高区参加比赛，祝贺被拉着去加油。平时一直孟不离焦的“四人帮”，暂时只有顾律己和言再坐在7班分到的观众席上。

顾律己把水瓶拧好放在地上，仍在咳嗽。

身侧一只莹白纤长的手递过来纸巾，他像是没看到，拽起衣角低头随手抹了一把，回答言再：“被吓到了。”

“哦。”言再随意点着头，却在江珧看不到的角度，拼命对顾律己使眼色。

兄弟，你另外一边，江珧还在举着手给你递纸巾！

顾律己横了他一眼，让他别多管闲事。

顾律己不喜欢江珧，如今他有喜欢的人了，自然更加不会对她的示好有任何回应。

世界上的男生千千万，没必要让她在他顾律己这棵树上吊死。

顾律己一开始就对江珧说清楚了，但显然，江珧不是这么想的。

于是，他拉黑了江珧的微信，拦截了她的手机号码。

就算平时大家约着出去玩，她也一起参与，但顾律己从没有跟她多说一句话，也不会给半点让她误会的希望。

他仰头靠在椅背上，用毛巾蒙着脸。

广播里又响起了新一篇顿挫有力的通讯稿：“友谊第一，比赛第二，是我们的信念；放飞理想，努力拼搏，是我们的口号；赛出风格，赛出水平，是我们的追求……”

陆两两，你是从朝鲜电视台进修回来的吧？

毛巾下面，他慢慢弯起嘴角。

隔着一条过道，情绪低沉的江珧被朋友拉着离开了观众席。

耳畔是热火朝天的加油声、起哄声，蒙眬间，所有人的脸上都笑容灿烂，只有她，只有她是不快乐的。

她拼命眨着眼，努力不让眼眶里的泪水掉落。

被一路牵着来到左花园的长廊里，操场的喧闹被茂密的绿植阻隔了大半，她才抱住朋友，压抑着声音哭了出来。

过了很久，哭声才收拢。

“我是不是很傻，非得喜欢他？”

朋友思考了很久：“珧珧，算了吧。”

她没有说话。

“我没对你说过，高一刚进班级，我就特别想跟你做朋友。”朋友说，“那时候，你坐在教室中间，跟其他人在聊天。明明还有很多人在，可是我一眼就看到你了。我想，这个女生好耀眼啊。”

世界上每个人的境遇都不一样。

有些人从出生起就带着上帝的祝福，他们被命运温柔对待，仿佛走在一条康庄大道上，人生最烦恼的问题可能就是“我点的奶茶为什么放这么多糖”。

别人讨厌江珧很高傲，可她却非常羡慕，并且衷心希望，江珧可以永远趾高气扬得像只小孔雀。

“你没必要为谁委曲求全，而喜欢你的人也不会忍心看你不开心。”她劝解，“江珧，你的家人那么爱你，他们不会希望你因为别人掉眼泪。”

江珧又流出眼泪。

“有时候，我也讨厌这样的我自己。可是，我真的喜欢他。”

喜欢，就要努力去得到。

更何况，她笃定顾律己是她这辈子最喜欢的人了。

偶尔她会怀疑，是不是太贪心了点？她懂得不是所有事情都能得偿所愿的道理。

可，总得先竭尽全力去争取吧?

“你应该好好想想，你是真的喜欢他，还是已经习惯喜欢他的心情了？”

江珧一时之间失了神。

身边空出一大圈，言再拿掉顾律己蒙着的毛巾，假意埋怨：“你真冷酷无情。”

顾律己眯着眼看他。

“哎，江珧有什么不好，长得漂亮，对你又死心塌地。”

“你喜欢你去追。”

“别，人家正在撞你这堵南墙。”他突然揶揄地碰碰顾律己的胳膊，“哎，那你现在对两两同学……”他故意拖长语调，留心观察顾律己的神色。

顾律己没有隐瞒的意思，很干脆地承认道：“喜欢啊。”

他伸出手，摊开在这片燥热的阴影中，试图感知风的存在。

他不确定是在什么时候喜欢上陆两两的。

这种喜欢的感觉来得不太明显，像是一阵轻风，和煦得让人察觉不到，却是时刻存在。等到他意识到的时候，才发觉他已经被包裹住，深陷其中。

日久生情，润物无声，说的大概就是这样的吧。

言再第一时间知道这个消息，非常兴奋，忍不住寻根问底：“你喜欢她什么呀？”

广播里的声音萦绕在耳边，顾律己舔了下唇：“因为她可爱吧。”

“那你什么时候表白啊？你们在一起，那个赌局我就能一本万利！”

以后，请叫他“铁口神断”！

“不表白。”

“为什么？”

顾律已理直气壮：“成大事者不谈恋爱。”

“哈？”

你不是这么婆婆妈妈的顾律已。

“我是说陆两两。”他遥遥地望着主席台的方向，“好学生一心向学，我总不能去扯她后腿。”

“哟，律哥，觉悟很高啊。”

“呵，你这种单身狗不懂的。”

他优越感十足，说得好像自己就不是单身狗了。

言再冷笑两声：“走吧，情圣小王子，到你去检录了。”

“等下。”顾律已拦住他，“言再，我需要你帮我做件事。”

主席台一侧的播音室里，陆两两面无表情，努力让自己的语调波澜起伏，热情澎湃。

旁边还站着教导主任，在每条广播结束暂闭话筒的瞬间，见缝插针地表扬：“对对对，非常好！就是要这样！你这是在代表每一个同学，代表每一个班级，为运动员们加油！情绪一定要饱满起来，高涨起来！保持住哈，保持！”

不管陆两两的情绪是否是真的饱满，教导主任绝对是热情爆表的。

负责整理通讯稿的几位同学，低着头，肩膀剧烈地颤抖着。

陆两两是怎么做到，意气风发地念稿，八风不动地面瘫的？

这种反差也太好笑了吧！

“好的，老师！”

陆两两的眼神充满无奈。

本来的播音员突然收到家里有事，需请假回去的消息，来交通讯稿的陆两两就这么被抓壮丁了。

正巧，教导主任来主席台检查这场运动会的广播情况，碰到陆两两临危受命，便索性站在这里指导她这个播音新手。

一切被安排得明明白白。

她打了个喷嚏，揉揉发痒的鼻子，按照指示继续播报消息：“请注意，高三年级组男子 3000 米长跑项目已经开始检录，请参加高三男子 3000 米长跑决赛的同学都到检录处检录。”

3000 米啊，顾律已参加的项目。

2

下午三点多，天空湛蓝高远，空气里无声地翻滚着热浪，田径场上弥漫着一点就燃的躁动。

躁动源头的顾律已头戴发带，换了一身运动短装，眉目凌厉，裸露在外的手臂精瘦，充满少年张力，伫立在人群中，像一棵挺拔的松，也像一柄刚出鞘的剑。

他站在田径场的起跑线附近，晃晃悠悠地做着热身运动，身边四散分布着等下要为他加油的啦啦队。

楚辞领完跳高第一名的奖状，跟祝贺回来找到他。

“贱贱呢？”

“有事去了。”

“嘁，还想靠他的大嗓门给你喊加油的。”楚辞大剌剌地说着言再的坏话，“要他何用。”

顾律己没反驳，但心里却兀自想着，还是有点用的。

等在主席台下的言再要是听到了，肯定会告诉楚辞，他超有用！

他就是男生版的红娘，现代版的月老，中国版的丘比特！

他紧攥着手里的一张纸，上面是他绞尽脑汁，一笔一画写下的加油词，字不求多好看，但必须能让陆两两看得清楚。

阿律想要两两同学为他加油，可言再还是想再搞点事。

来往的学生，在经过他的时候都会好奇地打量他，并不明白他在主席台下这么罚站似的矗立着，到底是为了什么。

过了一会儿，他等得无聊，已经在原地转着圈圈，嘟囔着为什么高三年级组男子3000米长跑的比赛还不开始。

发令枪恰逢其会地响起，操场上空扩散出一道由很多女声组成的尖厉叫喊，飘荡进言再耳朵。

“顾律己加油。”

言再嫌弃地摇头，你们喊这么大声有什么用，他本人想听的又不是你们的加油。

广播适时开启，陆两两正在念高三1班的通讯稿。

言再异常兴奋，健步如飞地冲进播音室。

教导主任已经放心地走了，言再假装熟络地跟剩下的并不知道是哪班的其他同学打招呼，走到陆两两身边，递给她字条。

陆两两看到他，就明白这是来送给顾律己加油的通讯稿。

打开字条，浏览开头几句，陆两两迟疑地问："言再，你这个是……打油诗？"

"Rap（说唱）！"言再义正词严地指出，"我为顾律己现场作词的Rap！"

这算个鬼的Rap哦，rapper（说唱者）看了想自杀。

"噗！"这是在场同学的喷笑声。

"你也太鬼才了吧。"陆两两为难，"可是我不会说Rap啊。"

言再似乎为自己的Rap不能原汁原味被表现出来而绝望。

他闭闭眼，咬牙狠心地说："那你当作打油诗念吧，反正这个一定要读出来给阿律加油。"

"好吧。"

陆两两点头，并没有发现，言再已经悄悄打开了手机录像功能，对准了她。

“嘿，My friend 顾律己。”

跑着步，思绪不知已经神游去了哪里的顾律己，抬头盯着不远处的喇叭。

“对，三年(7)班的顾律己，Please listen to me.(请听我说。)”

他轻笑，少年眉目舒展，眼神奕奕，浑身充满期待。

听着呢，陆两两，我一直想听你怎么慷慨激昂地给我加油。

“长跑难不难，律哥根本不用烦。比赛赢不赢，律哥肯定第一名。7班牛不牛，律哥绝对第一流。一高帅不帅，律哥必须非常帅。”

顾律己差点跑岔气——陆两两这是被言贱贱给坑了。

可是，他却无比开心。

操场上一片哄笑，现在是高三年级组比赛，高一高二没有给自己班运动员加油的必要，立即反应过来，跟着叫嚣：“一高帅不帅！律哥必须非常帅。”

声音震彻天际，气势磅礴。

听得楚辞捂着肚子，趴在祝贺背上：“笑死我了，我们贱贱真是做大事的人。”

然而，还没完。

陆两两看到哪儿念到哪儿，完全没有防备地照着稿子读出最后一句：“顾律己，GO GO GO！顾律己，I Love U！”

话音未落，她便意识到说了什么，脸颊立时涨得粉红，按着播放键，机智地补上一句：“本条通讯稿来自高三（7）班言再。”

言再拍到想拍的画面，心满意足，可仍对她最后加的那句略有微词：“两两同学，这就没意思了。”

我特地是按你的角度，给阿律写的词啊。

两个人的爱情故事里，不应该出现我言再的名字呀。

“你才没意思。”陆两两忙着读下一篇通讯稿，没工夫跟他争辩，挥手驱赶，“你赶紧回去。”

大概是二十分钟后，一条微信静悄悄地出现在陆两两放在衣兜里的手机屏幕上——

一张荣获高三年级组男子3000米长跑比赛第一名的证书照片。

以及，莫名能脑补出他想得到表扬的一句话——

“陆两两，你看。”

3

陆两两看到了，但，她回复的聊天内容，并不是与这个有关。而是——

“听说你被标枪给砸到了？”

“戳到了大腿的位置，还好被手机挡住了。”

“你人没事吧？”

顾律己发了一个熊猫头“我离当场去世就差那么一点点”的表情包，还有一张屏幕裂成蜘蛛网的手机的照片。

“没事。我的‘救命恩机’保护了我。”

这么严肃的慰问，可以麻烦你先不要搞笑吗？

我刚才听得差点心脏骤停。

五分钟前。

陆两两结束临时广播的工作，就被等着她的南澄妙灌了一耳朵：“天上忽然出现一杆标枪，六亲不认地朝着祝贺扎去，幸好顾律己眼疾手快侧身躲了一下，然后标枪最后的落点位置，变成了顾律己的右大腿裤兜的位置。”

陆两两呼吸一滞，头脑风暴了一出鲜血淋漓的场面，要是严重点的话，半身不遂？

她连声问：“伤得重不重？送医院了吗？我们要不要去看望一下？”

“没有没有。”南澄妙察觉到自己断句断得不是时候，赶紧解释，“听说，他放在裤兜里的手机，替他挡住了这一枪。”

“……”

就这样？

她目光炯炯，盯着南澄妙。

南澄妙被瞪得毛骨悚然：“怎么了？”

“你以后说事情，能不能把结果放在第一句？”

“我怕你不清楚事情始末呀，所以才把前因后果说清楚嘛！”

“可你这样说话大喘气，我很想打你的。”

回忆完毕，陆两两为他的手机送上赞美：“它生得伟大，死得光荣。”

咦，有些不对。

她问：“你换新手机了？”

“我宿舍里有一部备用手机。”

陆两两噎了一下，大户人家真是准备齐全。

“哦，你现在在宿舍啊？”

“在外面，裁判老师请我吃饭。”

“嗯？”

“这事儿是因为标枪项目的裁判老师没等清场完毕就发令，刚好我们几个还在投掷区范围内，所以就中标了。裁判老师看到我没事，死活要给我来一顿压惊酒。”

这件事情真追究起来，老师肯定讨不了好。

于是，顾律已不仅在这场主题为“压惊酒”的酒席间推杯换盏，还要隔三岔五真诚地安慰裁判老师：放宽心，我什么事都没有，你不要害怕了。

两三分钟后，顾律己又收到她的信息。

“还好是虚惊一场，那我就放心了。”

顾律己读着这句话，凌厉的眉目此时被温情填充。

陆两两，你可能不知道，你有种撩人于无形的天赋。

运动会的第二天，高三年级剩下来的决赛项目被安排在前半段，早早就结束了。

来打个酱油的高三学生一哄而散，分作两股人流，分别向宿舍楼跟校外的学生公寓拥去。

陆两两在教学楼下就跟南澄妙分开，她得回班级拿本资料书。

教学楼区安静得悄无声息，只有虫鸣鸟叫，显得格外寂静清幽。和热闹沸腾的运动场比起来，仿佛是另外一个世界。

因为晚上即将开始的游园会的关系，从楼下的布告栏到楼道的墙壁上都被贴满了各种招揽客源的自制海报，每个教室都锁着门，挨着走廊一边的遮光帘被放下，拒绝外来人员的任何窥探。只有每班前门上面用颜料写着各自班级今晚的游园会主题以及活动规则。

“逃脱密室”“死亡游戏城”“开心娃娃机”“中华小当家夜宵摊”……

她一路走一路看，直到来到他们班的“严以律己奶茶店”。

学校给每个学生都发了十张活动票，用来充当参加各班活动的虚拟基金。最后统计各班收到的活动票数，评比人气班级。

看在是最后一次参加游园会的份上，在策划主题的时候，大家都放开了胆子，把以前不敢提出来的事情落到了实处。

比如，把顾律己作为卖点。

高三没那么多精力去准备很复杂的游戏，于是“严以律己奶茶店”应运而生。牛奶是用班费买的，茶叶是顾律己提供的英国红茶。到时候东西都准备好，让顾律己按比例混合一下，就当是他亲手制作的奶茶，味道好不好喝无从保障，但能预料到会有很多人来买。

陆两两想到策划案在高票通过时，顾律己无动于衷的表情，决定晚上一定会用实际行动支持本班活动的。

高三（7）班的教室门没有锁，只是虚掩着。

教室里还没有被重新布置，只是清出了半个教室的空间，讲台下面放着一台租来的奶茶封口机。

她推开门，就发现教室里还有人。

放着资料的整理箱和一部分的课桌椅被堆积在教室后方，剩下的被移到教室一侧另作他用。而一张桌子上，正趴着一个少年，囿于窗外投洒进来的光束中。

陆两两放轻脚步，悄悄踱到睡着的美少年跟前。

他大概是睡了有些时候，耳朵被晨光晒得微微泛红。长睫根根分明，在白净的脸庞上投下一小圈阴影。挺鼻薄唇，侧脸线条深邃分明，却少年气质十足。

他长得真的很好看。

陆两两拿出手机，镜头下的他被笼在一层柔光之下，睡颜安稳平和，像是油画里不染尘埃的天使。

陆两两悄声嘟囔：“这张照片怎么也值另外一个1000块钱吧。”

“你又想写检讨了？”声音不冷不淡，夹着刚睡醒的喑哑。

“你这人，怎么天天检讨检讨的啊。幼不幼稚？”她被吓了一跳，又很不服气，“你看我现在还会不会给你写检讨！”

那时候是她怕生，是她傻。

“哟，胆色见长啊，陆两两。”

陆两两鼓着腮帮，用下颌骨对着他，一副宁死不屈的坚毅。

“你又像小青蛙了。”他应景地哼出一首儿歌，“她是一只小跳蛙，越过蓝色大西洋……”

我小跳蛙你个大头鬼！

陆两两强行扭身，摆出不想搭理他的姿势，耳朵却偷偷竖着听他用低沉的声音继续唱：“跳到遥远的东方，跳到我们的身旁。春夏秋冬我们是最好的伙伴……”

亲吻她就会变得不一样。

他戛然而止，把最后一句歌词咽回去，靠近陆两两一点：“不跟我说话？”

陆两两重重地哼了一声。

顾律己低笑。

他纵容着：“行。我错了。你拍，你拍多少张都没问题。”

“谁稀罕哦。”

她握了握锁屏的手机，斩钉截铁地想，没睡着的顾律己不值得被拍。

4

晚上六点半，暮色四合。

教学楼已经熙熙攘攘，每个班级遮得严丝合缝的遮光帘全被拉开，做着开业前的准备。

陆两两作为班委干部的一员，提前到了教室，跟其他同学一起用课桌椅把教室大致分成了接单区、制作区、取餐区，然后把制作奶茶需要的材料再一一摆放好位置。

等一切布置结束，陆两两听到了门外传来顾律己的喊声。

“再移过来一点。”

“把灯光打开，看看效果。”

“就这样吧。”

她好奇地出了班级，见到顾律己手臂撑在走廊沿，俯身正跟楼下喊话。

简单的白 T 恤加上牛仔裤的搭配，勾勒着少年挺括的身姿，意外地很好看。

顾律已瞥到她，别过头，发现她望着他出神，笑得不怀好意：“两两同学看着我是想干吗？”

“顾律已，你就是那句话啊——时尚完成度是靠脸。”

“呵，瞎说什么大实话。”顾律已伸手点了一下她脑袋。

陆两两揉揉被戳的额头：“你在这里干吗？我小表叔他们呢？”

她也只有在背后才会开玩笑似的称呼祝贺一声“小表叔”。

陆两两的父亲跟他亲舅舅来往不是很多，陆两两跟她父亲的亲舅舅家就更不熟了，自然和祝贺的关系也不亲近。之前当作陌生人相处，如今能说两句话了，也只是熟悉点的普通同学。

顾律已微抬下巴示意：“在下面小广场布置硬核广告。”

小广场就是两栋教学楼之间的这块小草坪，尽头有一块写着校训“勤奋求实，进取开拓”的石壁，它的前方是一小片大理石铺就的平台。

此时楚辞跟祝贺正在弯腰调试着什么东西，石壁跟大理石地板上都被投影了一句话——

“高三(7)班顾律已，做奶茶给你们喝。前一小时，先到先得。”

就这广告词，刚才顾律已还在给出指导意见？

陆两两震惊地打量他，像是在重新认识一个陌生人似的：“顾律已，你这么懂事。妈妈很欣慰。”

个子虽小，口气很大。

顾律己俯视她，坦坦荡荡喊了一声：“妈。”

看着她吃瘪，顾律己得寸进尺：“你儿子是大龄巨婴，什么都不会就会啃老。求你今天把我领回家。”

陆两两无语，怼不过他的厚脸皮，秒变正经继续刚才的话题：“你怎么居然开始配合搞活动了啊，还知道做广告。”

对面的人不甚在意地伸了个懒腰：“最后一年啦，要做就干脆做好。”

说完，他觉得好笑。

其实他很想毕业，想看看离开高中后的广袤世界。可现在，他注视着重新关心楼下动态的陆两两，居然舍不得时间过得太快。

他希望，以后回想起遇见陆两两之后的时光，能多一些回忆。

遥控飞机的嗡嗡声唤回他的思绪。

言再像是在演示超酷炫的遥控飞机技术，让这架飞机模型三百六十度旋转、沿W形路线飞行、紧急闪避等。

他站在草坪中间仰头，对着顾律己叫嚣：“这广告词我都看不清，还是拿我的遥控飞机散传单吧！我保证让全校所有人，连池塘里的锦鲤都知道今年我们祭出了顾律己这个大杀器！”

这句话音量之大，盘旋在小广场上空久久没有散去。

一时之间，对面那栋高二教学楼里探出了无数颗脑袋，与这栋楼的每层走廊上的同学们遥相呼应。顾律已这个时候很想泼他一盆冷水，各种意义上的冷水。

但无奈手边没有称手的工具，他只能在言语上打击：“现在天还没全黑，投影看不清是正常的。你能不能有点常识！”

“我不管！我还是想发传单！”

你管个屁，你就是想玩。

顾律已说：“到时候你摸黑去把传单一张一张捡回来啊？九年制义务教育让你爱护环境，你懂不懂？”

“……”

言再显然没有考虑过这个问题，像是被命运扼住了喉咙，哑口无言。

他垂着头，遥控飞机也不玩了，蹲着摆弄着草坪上的一个能散发出像KTV里那种灯光的魔术球。

KTV灯光+投屏广告词，结合“顾律已”三个字的效果，高三(7)班的“严以律已奶茶店”人满为患。

陆两两凭借着跟制作者的前后桌情谊，得到了今晚的第一杯奶茶，还不收游园券。

按顾律已的说法是：“开业第一杯‘筐瓢’了，你帮着处理掉吧。”

陆两两喝着这杯奶香刚好，茶味正浓，不甜不腻的奶茶，对顾律己的味觉产生了怀疑。

她喝了两三口，便放在一边，匆忙地站在收银岗位上，接过如潮水般涌来的游园券。

5

就这么不停歇地忙碌了一个小时，顾律己踩着点做完他要负责的最后一杯，剩下的交给其他人来接手制作。一开始在帮忙的班委成员也陆陆续续跟其他已经把票用完的人换班。

看着纸箱里满满一堆券，与蜿蜒到门外的顾客队伍，陆两两觉得今年的人气班级，高三（7）班已经稳赢了。

大功臣顾律己活动了一下肩膀，走到呆愣着的陆两两身侧："你在发什么呆？"

陆两两嘻嘻地捧着脸，满目憧憬："顾律已，你要是开一家奶茶店，你雇我做收银员吧。我可以体会到数钱的快乐。"

呵，就这点追求。

已经有点长长的妹妹头，被他不客气地揉出一撮呆毛："你怎么不说你当老板，让我去做奶茶小哥？"

陆两两认真地考虑："也不是不可以。"

他们说笑着走出教室，班级外的世界更吵闹，仿佛每个教室都在呐喊。

楼下小广场的设备已经被楚辞他们给收走，以免让大家继续看到广告，继而白走一趟。言再跟南澄妙挤开人流回来，他们俩提前去各班打探游戏项目情况了。

快走近的时候，南澄妙脚下一绊，就要往陆两两的方向倾过去。

周围的空间太过逼仄，拿着奶茶的陆两两一瞬间竟没有躲避的余地。

忽然间，她的视线被一道身躯遮挡，握着奶茶杯的手也被温润的手掌给包住。淡而清冽的雪松香味呼天抢地地席卷而来，占据了她所有的嗅觉。

扶着她的顾律己身后有一道推力，使得他们两个人一同趔趄。等站稳，一秒前还搅乱她心绪的所有感观又都撤得干净。

陆两两偷瞄着顾律己严肃的神情，勉强让养在心里的小鹿不要过分活跃。

不过，他大概是世界第一小提琴手，专门拨心弦的那种。

最终，在“顾律己玩什么无所谓，言再说什么大家不理会”的宗旨下，四个人开始友好和谐地奔赴游园会之旅。

一路吃吃喝喝，抽空去玩几个游戏，陆两两发觉顾律己其实是个游戏大魔王，只要参加项目就会有收获。最后，几个人拿着一堆奖品，停留在了高三（11）班的“开心娃娃机”面前。

事情是这样的。

11 班上有个眼镜男，家里是开游戏城的，今晚就是他调了五台娃娃机过来。

其中有两台机器里的娃娃是大型哆啦 A 梦玩偶，陆两两和南澄妙一见就挪不动脚了。

顾律己：“想要？”

陆两两和南澄妙赶紧点头如捣蒜。

言再欲言又止，顾律己却潇洒地大手一挥，很帅气地领着队伍进去了。

结果，帅不过几分钟，几个人剩下的游园券全贡献进去了，依然没能收获玩偶。

场面有一秒钟的沉寂与尴尬。

言再摇头，像是早就预见了这个结果。

“阿律，你夹娃娃是什么水平，心里没点数？”

从小到大，顾律己在娃娃机上面，不打折扣地屡战屡败。

眼镜男显然也跟他们熟悉，摆弄着刚才录了视频的手机，说：“贴吧里的那个帖子又可以更新了。”

说到帖子，陆两两才有点印象，当初她还看到了，说什么“顾律己向夹娃娃恶势力屈服”。

她此刻拥有强烈的责任感，要出来阻止大家当众轻视顾律己。

于是，陆两两扯扯顾律己的衣角：“要不，我们走吧，今晚拿到的奖品够多了。”

“不。”顾律已干脆地拒绝。

此时的他像个幼稚园小男生，耷拉着嘴角，在手机上打了几个字，然后似是不甘心地掠过娃娃机，对眼镜男说：“等下拿 50 张游园券，直接跟你换两个哆啦 A 梦怎么样？”

他不得不认清现实，抓娃娃机是他人生的 bug（漏洞）。

眼镜男被这拨直白粗暴不做作的操作折服，算了一下觉得也不亏，就点头答应，转身拿钥匙开机器。

陆两两光顾着惊讶：“你哪里还有 50 张游园券？”

别是在欺骗眼镜男吧？

顾律已双手插兜，替她解惑：“学校都是去找外面的彩印店打印游园券，然后老板会多打出来一些卖给我们学校的人。”

没过一会儿，楚辞送来了 50 张游园券，还放话，他们要多少有多少。

陆两两摆摆手表示她不贪心，抱着大得需要用双手才能围住的哆啦 A 梦满足地回了家。

Chapter 7

跟喜欢的人表白，这是我抽到的大冒险。

陆两两日记：

2013 年 10 月 18 日

顾律己，我讨厌你。

顾律己读后感：

可陆两两，我喜欢你，是认真的。

1

晚上十点。

陆两两洗漱完，瘫在床上叽叽喳喳地跟电话那端的陆初见汇报近期的生活。

刚挂断电话，屏幕上又亮起了另外一个名字——

顾律己。

这么晚打来会有什么事?

她接起来。

“喂？”

“陆两两。”

电话里，他的声音好像有点凝重，还有点……紧张？

陆两两再次确认屏幕上显示的名字，确定是顾律己，没看错。那应该是她听错了吧。

“啊？”

停顿了几个呼吸，顾律己终于缓缓说出：“陆两两，我喜欢你。”

倏地，她整个人都僵在原地，陆两两空白的脑子里一直重复着他的这句话。她的心跳声逐渐加剧，让她不由自主地捂着胸口，害怕手机那头的人会听到她慌乱的心跳声。然后，她不知所措了，支支吾吾，搜罗了半天，也找不出什么话来回应。

该怎么说才好？

对不起，我们现在以学习为主？

可是，她竟然，不愿意说出口。

她咬着下嘴唇，最后才下定决心：“顾律己……”

她没把话说完，因为那边已经爆发出一阵剧烈而纷杂的哄笑。

顾律己捂着手机收声的位置，皱眉叱骂：“你们有病啊？”

他眼神藏刀，踹开拦在面前的茶几，在爆发后的寂静里走进对面的房间，合上门。

电话那边，陆两两长呼口气，用很嫌弃的口吻道：“顾律己，你们真的好老套！

“现在还在玩真心话大冒险。

“你是选择大冒险？选一个人跟她说我喜欢你？

“你们真的很幼稚！”

她像是真的非常讨厌这种情况，快速蹦出来的每个字都夹杂着吐槽的火气，根本没有给他回应的余地。

顾律己缓缓吐出心中的郁气，依旧眉头紧锁，却没有打断她，低头拨弄着手边的鼠标线，嘴唇抿成一条直线。

良久，他闷闷地说：“是啊，玩真心话大冒险。”

挂断电话的陆两两非常心累。

她以为她坐进了摩天轮，缓缓升起，奔向天空，过程充满期待与喜悦。可到了最高处，她才恍然意识到，这其实是一台跳楼机，猝不及防地让她跌回地面。

让她手脚冰冷，面色发白，甚至，有点想哭。

陆两两吸吸鼻子，关灯，拉起薄被没过头顶。她缩在黑暗里，眼角滑过湿热的液体，心里咒骂了千万遍“顾律己王八蛋”。

几分钟后，房间的灯被亮起。

陆两两胡乱地把粘在脸上的发丝往后拨，扑身把坐在床头柜上的哆啦A梦扯过来，攥紧拳头，使出全身力气往玩偶身上捶打。

“王八蛋，让你骗我。

“让你随便开玩笑，让你乱表白。

“你以后表白一定不成功！气死你！”

……

门突然被敲响，她吓得僵住。

表舅妈在门外：“两两，你还没睡？”

“我马上睡啦！”

“嗯，早点睡吧。明天还得去学校。”

“舅妈晚安。”

她放开玩偶，重新关灯入睡。

过了很久，黑夜里响起一声模糊的呢喃：“顾律己王八蛋。”

2

陆两两已经单方面跟顾律己冷战半个月了。

她都重新开始喝养生豆浆了，态度很决绝，可见一斑。

为了遮掩因为游戏玩笑而引发的冷战，好学生在这方面还做到了循序渐进。

第一天，她照常跟顾律己用豆浆换牛奶，然后以“我要整理笔记，忙完再跟你说话”的理由，减少了与顾律己之间的对话。

顾律己信了，并且让言再别在座位上瞎嚷嚷打扰别人学习。

第二天，她还是正常地用豆浆换牛奶，接着用自己买的课外模拟卷填补了每个课间十五分钟。

顾律己隐约感觉有点不对，但还是调侃一声：“两两这么爱学习，爸爸很欣慰。”

第三天，陆两两拒绝了顾律己的牛奶，她说：“我舅妈最近给我做豆奶了。”

信她个鬼，他喝了这么久的豆浆，难道还闻不出味道是一样的吗？

他维持递牛奶的动作，目光凉凉地看着她。

陆两两木着脸，尽量平缓地说：“以后我们就不用换啦。”

她要是再多说一句，能带出点哭腔来。陆两两迅速地转回脸，像是不想再多看一眼地迫切。

顾律己哂笑，把牛奶扔给言再。

言再看看顾律己，又扫到陆两两，最后茫然地转向同样一无所知的南澄妙身上。两人都体会到了气氛的微妙。

顾律己倚着墙，手拄着头，双眉紧紧锁着，一言不发地盯着前面的背影，整个人陡然凌厉了三分。

好半晌，他拿出手机，发送微信：“你是在生我气？”

“如果是因为前几天的游戏，我跟你道歉。”

“对不起，我不该那样子做。你气什么时候消，就什么时候理我？”

第三条没发送成功，因为陆两两把他拉黑了。

言再觉得这一天很莫名其妙，先是两两同学有点奇怪，大概是闹别扭了。然后阿律突然就不开心了，好像比陆两两生的气还要大。

言再悄声问：“阿律，你怎么了？”

顾律己没有说话的兴致，冷冷地斜了他一眼，继续保持不想被打扰的姿势。

为此，言再跟楚辞、祝贺还有南澄妙重新建了一个没有当事双方的群。

言再：情况很不对呀。阿律生气了。

楚辞：哇，是真生气吗？为什么呀？

顾律己什么时候气场最强大？生气的时候。

谁都不会想迎难而上，在这个节骨眼招惹他。

南澄妙：因为我们两两早上没跟他交换豆浆？顾律己今天是走“逆我者，我生气”的路线？

楚辞：你为什么不会抓重点！两两同学为什么反常，不跟我阿律换豆浆?

祝贺：他们在闹别扭?

南澄妙：大概?

言再：问不出。刚才我问阿律，他看我一眼，直接让我消声。

四个人讨论不出什么结论，只好静观事态变化。

放学铃声响起，陆两两刚起身准备回家，就被顾律已一把拉住。

“陆两两，我们好好聊一下拉黑我的问题。”

另外一对前后桌被这句话震得瞪大了眼睛。

两两同学的胆子是怎么长的?

胆子正常生长的陆两两也知道，她这么做跟和顾律已绝交没两样。可她很委屈，很烦躁，她甚至不想听到顾律已说出跟那天晚上有关的任何一个字。

因为，她不想再回忆，那个自作多情、无比纠结，但是却不忍心拒绝的，像个笑话的陆两两。

所以她下意识地拉黑，不想承认，也不想听接下去他要说的话。

她低头，躲避视线：“手滑吧。我回家就把你放出来。”

“陆两两，你在生气。我认为……”

“你认为什么？”陆两两突然提高声音。

全班都安静了下来，大家惊悚地望向这边，陆两两在吼顾律已。

她红着脸，声带艰涩：“对不起，我身体不舒服。我没生气，也不喜欢老被人说我生气了。我先回家了。”

后来几天。

言再跟南澄妙两个人过着如坐针毡的日子，特别是言再，更是连呼吸都不敢太大声。

3

直到11月，下了几场秋雨，学校里的绿植看上去都萧瑟了些许。

班级里已经出现好几例感冒患者。一天之间早晚温差挺大，早上凉意沁脾，中午又能热得冒汗，添衣不及时就很容易中招。

而这种时候，陆两两很争气地中暑了。

其实，她也不知道是不是中暑。

中午不到一点，陆两两吃完饭慢慢散步准备回班级。只是，她总感觉有点不舒服，说不出是哪里难受。她抬头看了看高挂在天幕上的大太阳，也没被什么乌云遮挡啊，为什么她觉得光线有点暗下来了？陆两两噘着嘴，渐渐地开始扶着走廊上的栏杆。

在看到迎面向她走来的那个双手插兜、气质清冷，正准备与她擦肩而过的挺拔身影，陆两两果断地拉住了这根救命稻草。

“顾律己，我不是在碰瓷。虽然我从没有昏倒过，但现在我觉得我快晕了。我眼前发黑，腿在发软，全身没力气。”她越来越难受，泪眼盈盈地看着已经变得模糊的少年，“你能不能送我去医务室？”

她脸色惨淡如白纸，眼睛开始失去焦距，泪水一滴一滴地从眼眶里滑落，似乎敲打在顾律己的心头。他有一瞬间的慌乱，手却不自觉地上前扶住要倒地的陆两两。

天旋地转，少年打横抱起了她，朝与教学楼隔着一条路的另一个办公楼区飞奔。

“陆两两，我们和好了吗？”顾律己双手交叉在胸前，逆着光盛气凌人。

“看在你救我一命的份上。”

他靠近几步：“所以，你为什么生我的气？”

医务室里，校医给陆两两挂上点滴就出去了。

因为上课而变得宁静的校园，半开着的窗户吹进来的微风，扬起又垂落的白色窗帘，落在窗前的小块耀眼阳光，不大不小的房间里充斥着的消毒水味，此刻都安抚着她的情绪。

面前的俊朗少年，一眨不眨地用一种逼迫的姿态俯视她，似乎一定要等到答案。

陆两两扬起恢复正常血色的脸，装着秋后算账的架势：“因为我以为你喜欢我，纠结了半天要怎么不让你伤心地拒绝你，然后发现你其实是在开玩笑。那我不要面子的啊。”

她说了些话，但又藏了些话。

真真假假，保护着那个始终要面子的陆两两。

心虚得不敢看对方的陆两两，错过了顾律已的笑容微顿，没发觉他眼睛里原本因为和好而明亮的神采重新暗淡下来。

他把解释都咽下去，若无其事地假装不满，两只手捏着她的腮帮子：“你为什么还准备拒绝我？陆两两你是不是傻？你就应该别管我是不是在玩游戏，一口答应下来，我肯定舍不得让你丢面子。将错就错，说不定现在你收获了一个男朋友。”

“我不！”她口齿不清，但仍旧慷慨激昂，“我们社会主义接班人要断情绝爱，好好学习，报效祖国，建设国家。”

可是陆两两，那天我抽到的是大冒险，是要跟喜欢的人表白。

我很认真地在喜欢你。

我也要面子的啊。

人倒霉的时候，连生病都是赶场子进行的。第二天，陆两两得了一场重感冒。

她睡得晕晕乎乎，等表舅妈从学校上完课回来，发现她还躺在床上的时候，她的脸上已经烧出两团高原红。吓得表舅妈赶紧打电话叫来附近诊所的医生，直接在她房间往她还留着针孔的右手背上重新扎进一针。

挂完两瓶水，陆两两也从昏沉中苏醒过来，表舅妈出去准备晚饭。

手机屏幕上有许多个未接来电，徐女士的、陆初见的、南澄妙的，还有顾律己的。

她缩在被子里，像个不愿意露出头的小乌龟，把手机放到枕边，然后给徐女士弹了一个视频过去。

“两两啊，你吃饭了没？”看样子，徐女士是在病房里。

她还没有来得及回答，那边的视频窗口就切换了方向，后置摄像头里出现了一张靠在病床上的疲乏苍老的面孔。

是她的外公。

病痛的长期折磨，让他面容瘦削，眼神混浊。

因为辅助治疗，他的气管刚被切开过，所以他发不出声音，只能用口型问：“阿肆，感冒好点了吗？”

徐女士怕她看不懂，又帮忙转达了一遍。

陆两两的小名叫阿肆，现在全家也只有外公还这么叫她了。

“外公。”她声音软软糯糯，蕴藏着江南水乡的娇柔，乖巧得想让人摸摸她的小脑袋，“我没事啦，退烧了，再吃点药感冒就好了。”

“那就好，阿肆要照顾好自己，别让我们担心。”外公的眼眸里泛着温柔慈祥的微弱光芒，描画着屏幕里的小女孩。

“好。”

陆两两克制着，没有哽咽出来。

视频里的外公，精神已经有些不好，连说话都有点费力。

徐女士让他躺下休息，帮他把病床摇平整。

外公仍坚持讲完："阿肆，过段时间，我们就可以回家了。你要乖乖的。"

"回家"这两个字太动听，陆两两的眼眶被泪水浸满。

"嗯，你们要早点回来。"

陆两两移开手机，眼泪如断了线的珍珠，不住地滑落，隐入发间。

她的外公年少丧父，母亲改嫁，他一个人守着破旧的木瓦房艰难成长，做学徒做帮工，起早贪黑才挣出一份微薄家业。后来娶妻生女，看着女儿步入婚姻殿堂，他以为生活从此幸福，却又遭逢妻子突发急症病故。

他消沉了很久才慢慢走出来，闲时听着妻子生前最喜欢的越剧《桑园访妻》，嘬几口最爱的小酒，喝完之后，笑自己还是一个劳碌命，站起身继续奔波于生计。

他头发尚未花白，去年不过六十五岁的他，衣着整齐得体，是一副健康的田家翁模样。现在却骨瘦如柴，如一截灰败的枯木，失去生活的斗志。

还有什么，比这更悲哀。

一想到这里，陆两两的心就疼到发颤。

过了良久，视频窗口才重新对向徐女士，她走出病房，来到楼层的安全通道口。

“你再哭眼睛都肿得跟被蜜蜂蜇过一样，难看死了。”徐女士一脸嫌弃。

陆两两声音呜咽：“我想你们了。”

“你外公刚才不是说了吗，再过段时间，我们就回去了。外公这里你不要多想，高三是关键时刻，不要分心。”她顿了顿，“不要哭了，等下你舅妈听见了，还以为你在她家住得委屈呢。”

“没有，舅妈对我很好。”陆两两被徐女士唬得停住了泪，她弱弱地强调了一句，“可我就是想你们啊。”

“乖啊两两，外公这个疗程做完了，我们就马上回去。”

徐女士一下子情绪失控，最后几个字的发音都变得荒腔走板。

偌大一个帝都城，街道是陌生的，口音是陌生的，就连汽车牌照前面的京字都让她不习惯。她害怕医院里的消毒水味，害怕每次去医生办公室问她爸的病情，害怕在治疗方案上做的每个决定。

她也想女儿，想回家。

4

陆两两顶着一双核桃眼，在餐厅沉默地吃完饭。

表舅妈没说什么，轻轻叹口气，怜爱地在她头顶上摸了几下。

是不是每个当了妈妈的人，就会自动拥有让别人感觉温暖的技能？

所以陆两两发皱的心房，瞬间就能被熨烫妥帖。

她吸了吸鼻子，鼓起勇气抱着表舅妈：“舅妈，谢谢你。”说完，就一溜小跑回了房间。

可能家庭的变故还是带给了她一些性格上的改变。

比如瑟缩、不自信、不敢表达、不敢要求。

她知道自己有这些毛病，正在努力改变，想变成更优秀的人。

回到房间躺在床上，陆两两侧着身，呆望着窗外漆黑的夜空。

难得地可以从夜以继日的学习中抽出一天的休息时间，这种什么事情都不做的感觉很舒服，除了还有一些不踏实。

她找了“没去学校不知道作业，以及我是个病人就该休息”的理由来安慰自己，几秒钟后，却又起身用手机播放了VOA英语每日听力选段。

英语老师说过，平时有事没事可以放英语听力，尽可能多地营造出一种语言环境，听多了你可能会在某个时刻顿悟英语。

不管这句话是不是正确的，至少看似提升英语能力的方法现在能让她稍微减缓懈怠的罪恶感。

手机里的声音被打断，接连传出几声振动。她保持着这个姿势不变，探出左手摸索手机的下落，看看是谁发来的微信。

“我在你舅妈家楼下的河堤上。”

“你下来。”

“给你送试卷来了。开不开心？”

顾律己的第三条信息，让陆两两自欺欺人地扔掉手机，把头埋进被子里。

她刚做好心理建设，想度过没有学习的一天！

顾律己，你熊得。她开心得想打人。

可还能怎么办？

陆两两只有认命地下楼。

今晚的月亮藏在淡淡的云层后面，洒下含蓄的微光，地面上笼着一层薄雾，朦胧得看不真切。

舅妈家出门右转，就是一个小河堤。河面上的风一年四季不间断地吹刮而来，夏天自然凉爽，到了冬天却比别的地方冷一些。陆两两紧了紧外套的领口，向站在那里的一道颀长身影走去。

少年站在路灯下，昏黄的灯光自他头顶倾泻而下，在冷夜里像是镀了一层温柔的圣光。

陆两两想，童话故事里，神明在主角生死存亡之间现世救助，大概就是这样子的出场模式。

“冷吗？”顾律己走近，身形盖过了小小一只的陆两两，也挡住了来自身后的风。

陆两两摇头，已经及肩的头发随着她晃头的频率，柔软地舞动着。

她穿着珊瑚绒的睡衣套装，出门前还套了件太空棉外套。走出楼道的时候，她只是觉得脖子有点灌风，现在倒是真的一点都没觉得冷。

顾律已看着她过冬一样的装备，放下心。他继续问：“晚上吃药了没？”

陆两两垂着头，没作声，只是乖巧地点了几下头。

看她病娇的样子，顾律已冷哼了一下，本来准备教训一下她不注意身体，却忽然发现了什么。他用手指顶着陆两两的额头，让她的脸暴露在灯光之下。

今天过于发达的泪腺让陆两两的眼睛，直到现在还肿得跟核桃一样。

顾律已侧头，指尖带着温热，触碰她浮肿的眼皮：“你眼睛怎么肿了，像被人揍了一顿。”

说她是小跳蛙，她还真有本事越来越像。

陆两两发射死亡凝视，用鼻音瓮声瓮气地说：“肿就肿呗，感冒的人都这样。”

“你是当我傻，还是以为我没感冒过？”

“本来嘛。发烧的人，眼压高，眼睛就肿了。”她一本正经地胡言乱语，扯着不着四六的谎话，闭口不提哭了一下午的事情。

“我比较相信你发烧，然后眼睛因为热胀冷缩的原理，现在正在膨胀着。”顾律己见她这么大费周章地找理由，随口帮她想了一个。

看她居然也很赞同地点头，他嗤笑一声，直截了当地问：“哭过？”

直男有时候真的很烦，为什么就不能放过这个话题。

陆两两不想聊这个问题，就想忽略过去，伸出手：“我的试卷呢？”

顾律己把手放在她的掌心，接着猜：“想家了？”

陆两两甩掉他的手：“你说来送作业的？”

顾律己：“还是，在你表舅妈家不开心？”

“屁嘞。”她被这股不问清楚不罢休的劲头给问急了，“我舅妈对我很好。”

陆两两纠结了一小会儿，才缓缓说道：“我下午跟我妈妈通电话了。”

这句话如同一个开关，让她藏着所有隐私与秘密的心门偷偷地打开了道缝。

在冷月星夜下，在清幽河道边，她把今天无人可诉的心情，向眼前这个头发被风吹得凌乱却更显得狂放不羁的少年，娓娓道出。

她怕她外公病得太重。她能搜到的关于“胃癌”的信息，结果都是负面的。

她想徐女士，想她外公，想陆初见了。生了病的时候，特别想。

乳燕投林，倦鸟归巢，她想回自己家了。

说着说着，她的眼眶又湿润了。

她撞进顾律己的怀抱里，撞得他猝不及防，片刻冷静之后，才伸出双手给她拥抱。

他不知道该如何安慰。

或许有那么多心事的她不需要任何安慰，只要有人能倾听就够了。

或许他想给的，只是一个能为她遮风避雨，驱寒取暖的怀抱。

“陆两两。”良久，顾律己感觉到不对劲，胸口的衣襟有点湿漉，他戳几下陆两两的肩膀，低头在她耳边提醒，“别以为我不知道你把鼻涕水擦我衣服上了。”

听到这句话，陆两两索性破罐子破摔，将眼泪鼻涕擦得毫不遮掩。

“刚刚不是在跟你剖析内心世界嘛。”她红着脸，强行解释，“那么适合潸然泪下的气氛，不适合让你看到我的鼻涕水淌下来。况且我也没带纸巾。”

其实，她后知后觉地在懊恼。

她不喜欢把心事说给别人听，怕露怯，也怕给别人造成负担。

今天晚上鬼使神差地说了那些私密心情，她将原因归结于顾律己的打破砂锅问到底。于是，她幼稚地想要报复一下。

5

如果问南澄妙，高三最让你绝望的瞬间是什么时候?

她的回答一定是，我只是离开位置去接了一趟水，回来就发现刚发下的试卷已经把趴在桌上睡觉的言再给埋得看不见了。

高三的日子，纷沓而至的模拟卷、真题集与无缝衔接的各种考试已经是稀松平常的事情。

陆两两手里拿着期中考试卷子，才意识到，她该拿期中奖学金了。

这么说有点欠扁，但是各科试卷上的分数，以及李和章对她露出的和蔼如老父亲般的亲切笑容，她感觉她能拿到的奖学金还是一笔巨款。

“两两，你能让我看下你的数学试卷吗？”

坐在第二排的岑思，丧着脸跑过来问她。这表情谁看谁都知道她这次没考好。

陆两两拢了拢手上的几张试卷，把压在最后的那张数学卷给遮掩住，这才面露难色地撒着谎：“不好意思啊，数学试卷恰好就被顾律己拿走了。要不，你去问问他？”

她并不想借试卷给岑思，索性搬出她不敢去问的顾律己来。

谁知，坐在后座上专注玩游戏的顾律己，听到陆两两在点他名字，抬起头：“有事？”

岑思的眼眸一下子亮起来，她期待地看着陆两两。

陆两两错愕，连忙隐晦地给他递眼神：“我数学试卷不是被你拿去了吗？你要不先拿给岑思看一下？”

她的心整个都揪着，生怕顾律己说出一句“我没问你要试卷”来，那可就太尴尬了。

幸好，顾律己瞥到岑思情绪不高，又看陆两两纠结的神色，明白过来，冷声拒绝：“不给。”

说完，他垂眸，接着在游戏里，跟其他三人砍瓜切菜。

陆两两心里庆幸，面上故装无奈地超岑思摊了摊手，表示她也没办法。

岑思踌躇在原地，仍不肯离去。她咬着下唇，支吾着问：“那两两，你数学多少分啊？”

“147 分。”南澄妙看不惯她的刨根问底，直接帮陆两两回答。

果不其然，下一秒，岑思就红着眼回去伏在桌子上嘤嘤哭泣去了。

每个人身边大概都会有这样子的一位同学。

晚上回家挑灯夜战到十二点，白天在教室里语气钦佩地跟别人说："你好厉害啊，我晚自习结束一回去就睡了呢。"

考试结束，别人问她考得如何，她经常性的一脸担忧："哎呀怎么办呢，我这次一点把握都没有，肯定得考砸。"

如果一不小心真考不好了，那就像方才的岑思一样，非要来问问全班最高分到底是多少，受完打击后回去伤心落泪。

陆两两觉得这些都无可厚非，毕竟在高三，成绩代表一切。

如果岑思不是来问她成绩的话。

南澄妙翻了一个大大的白眼："这人有病吧，搞得像在这里受了欺负回去似的。"

"因为成绩被吊打，受不了这份委屈呗。"祝贺凉凉地开口。

在后面凑成堆的游戏四人小分队，虽然满心都沉浸在游戏的打打杀杀里面，但也分神听了全过程。

言再发出老母亲般的叹息："唉，你看考试都把这孩子逼成什么样儿了？"

"考考考，老师的法宝；分分分，学生的命根。"楚辞跟着发言。

言再听了，嘿嘿嘿发出淫荡的笑声："命根？我的命根可不是这个。"

话题从纯洁的讨论学习到黄色废料的转变过程，只需要他秋名山车神的飙车速度。

他还要继续大放厥词，却被游戏里急转直下的状况给弄得没了心思。

顾律已不顾游戏里一个队伍的身份，转头就把开黄腔的言再给game over（游戏结束）了。

“阿律，你为什么要杀我！我们是队友啊队友！”言再抱着手机和他残破不全的心，干号着，“我死了，谁来给你们加血！谁来当你们坚强的后盾！”

“考驾照了吗你，就开始飙车。”顾律已威胁着，“再瞎吵吵就虐尸了啊。”

其他人懒得理言再，南澄妙回头嘲讽：“这位姐妹，请你放低音量，哭得不要这么扰民。”

没有享受到半点同学爱的言再，心凉了。

一局游戏结束，祝贺扒拉着言再紧闭的眼皮，强迫他睁眼看清楚手机屏幕里的画面。

“贱贱，没有你，我们赢得一如既往的轻松。”

下午生物课。

7班的生物老师三十岁不到，是他们班任课老师里的忙内（老幺），跟学生们的关系亦师亦友，很融洽。长得一米八的高个，外形比较阳光开朗，大家都说像是年轻版的徐峥，因为他也拥有一个油光可鉴的小光头。江湖传闻，同样是年少头秃的原因，生物老师才去狠心剃光了头发。

生物老师叫刘华，他有一个风靡全校的外号叫“缺德哥”，因为他的名字比“刘德华”少了一个“德”字。

陆两两的笑点不怎么高，第一次听到这个说法，盯着生物老师足足笑了一节课。

能想出这样一个外号的人，真是又缺德又鬼才。

这节课是拿来讲解期中试卷的。

生物老师按照每道题的答错率，来调节对应考题的解答时间，顺便把必考的知识点重新在黑板上梳理一遍。此时，他在黑板上强调 ATP 这个考点，三磷腺苷，结构式是：A—P~P~P。

言再盯着黑板研究了半晌，神神道道地跟顾律已吐槽：“这是个有味道的结构式。”

顾律已一时摸不清他在想什么：“嗯？”

既然阿律不耻下问，那他就大发慈悲地解答：“A 放了一个长长长的 P，中间的两道波浪线让我都能感受到 P 的味道。”为了烘托他话里的气氛，他郑重其事地伸出手在鼻子前扇了几下，“很臭！”

说完，他手臂交叉抱在胸前，下巴矜持地翘起，似乎在等着顾律已的夸奖。

理综三科里面，言再这个懒人对生物最不感兴趣，因为生物需要背的东西有很多。现在这个结构式被他一联想一解读，马上就被完美地刻在脑子里。

他言再不是学渣，只是不想学习而已。

顾律己被他说得呼吸一滞，按捺住想要揍他的双手。他挪动位置，尽可能地远离言再："这些没用的东西，以后请你不要来跟我说。"

言再不服："怎么是我说的，缺德哥才是教了一些没用的东西。"

他据理力争的声音有些大，碰巧生物老师写完板书，听到这句话，看向言再的方向，凝重且认真地说："言再，我不允许你这么说自己。"

全班陷入哄堂大笑。

生物老师恨铁不成钢："别光笑，你们得把知识点记进脑子里去！这些必考的知识点都是我在黑板上写了又写的，可是你们还给我答错！这块黑板要是能变成人的话，它都能考清华北大了！"

忘了说，其实生物老师的一大特色就是，嘴炮能力与他的生物知识储备量成正比。

Chapter 8

漫天星斗在上，愿我爱的人，无病无灾。

陆两两日记：

2013年11月22日

仔细想想，和你跑在黑暗里的感觉，很酷。

顾律己读后感：

其实那时候我在想，以后我牵着陆两两的时候，再也不会像现在这样，让她担惊受怕，让她惶恐不安。

1

周五晚自习结束，豆大的雨珠毫无预兆地从阴霾的夜幕中砸下来，打得花木树草啪嗒啪嗒作响。所有人被困在走廊檐下，想瞄准雨势变弱的瞬间，一举冲回宿舍。

等了半天，也不见雨停。

顾律己让言再贡献出他的外套给南澄妙，又脱下自己的外套，递给陆两两：“你先跟我们回公寓楼，我那里有几把伞，雨天路滑，到时候我送你回去。”

这个安排很合理，几个人一起冲进雨幕中。

到校门口的时候有点堵，大门没开，只开了一侧小门。在外寄宿的学生需要停下来，排队依次刷学生卡通过。

楚辞等得无聊，目光像是无头苍蝇似的胡乱搜罗。

蓦地，他兴奋地拍着祝贺的手臂：“哎哎哎，哥们儿，快看，校门外站着一个来送伞的美女小姐姐哎。”他摇头晃脑地唉声叹气，“有的人能有小姐姐在下雨天送伞，而有的‘狗’只能跟我挤在一件外套下。”

和楚辞一起挤在一件校服外套下的祝贺，咬牙用手肘顶了一下他的胸，楚辞顿时做出一副吐血状。

楚辞这种时常嘴欠的人，打死最好。

祝贺没看他表演，顺着他的视线望过去，转头冲着陆两两喊：“两两，你姐姐来啦，在门外等你。”

这一声，让其他几人动作整齐划一地全朝校门外面张望。

陆两两踮着脚，无奈地说：“我看不到呀。”

她像站在被高山包围的坑里，视线所及之处是黑压压的人群。她屈膝奋力往上跳，试图突破这一圈身高封锁线，无奈弹跳力不足以让她看到校门外的场景。

外套失去一边支撑，已经滑落到肩膀。冰冷的雨水瞬间将她的头发打得一绺一绺地贴在她白嫩的脸颊上，她似乎毫无察觉，像只不知疲倦的小青蛙，依旧蹦跶着向外看。

顾律己实在看不下去，伸出手毫不留情地把她摁在原地，将外套重新盖在她头上。

“等下出去就能见到，急什么？”隔着衣服布料，他狠狠地揉着她脑袋，顺便用内衬擦拭她滴水的长发。

陆两两泄气：“我想看看到底是不是陆初见呀。她都没跟我说过她要回来。”

陆初见只有寒暑假才回家。平时要么在实验室里跟导师一起做研究，要么就是奔波在各个兼职的路上，根本没有时间回来。

“你傻呀。不会打个电话过去问问！”

“在书包里，懒得拿呀。”

“用我的手机打。”

“我记不住她号码。”

顾律己：“……”

小短腿，又懒又笨，急死她算了。

2

大雨滂沱，校门口围着一些来接人的家长，看到自家孩子就立马开口喊人。

“冷不冷？”

“被淋到了吗？”

“等下回家洗个热水澡。”

……

充满烟火气的温情对话甫一飘出，就被湮没在这片氤氲水汽里。

陆初见就站在其中，撑着一把透明伞，身姿亭亭玉立。她的眼睛有点近视，微微眯起，紧盯着校门口成群结队出来的学生们。

片刻间，又有一群人出来。

她瞟到这群人里一个跟陆两两差不多身形的小姑娘，把身上的外套递给身旁的一个男生。

呵，高中生之间的腻歪。

正当她准备移开视线继续落在校门口的时候，那个小姑娘冲那群人挥挥手，往她这个方向疾步奔来。

原来是她家陆两两啊。

哦哟，陆两两不会那么有出息了吧？

她望着男生奔跑的背影，心里惋惜没有看清他的正脸。

“姐，你怎么来了？”

陆两两躲在透明伞下，接过陆初见手里的另一把伞，打开后迅速闪身钻进去。两人并肩而行，步调一致地经过一盏又一盏昏黄的路灯。

“舅妈说你今天没带伞。”

陆两两被噎，她问的明明不是这个。她重新措辞："我说，你怎么回来了？"

"社区里通知党员回来开会。反正来回路费报销，我顺便回来看看你。"陆初见用聊家常的口吻变换聊天话题，"之前让你每天写日记，你在写吗？"

"每天都在写。"

"让你觉得开心的事情多吗？"

"挺多的。"陆两两笑得眼睛弯弯，"我期中考试成绩排在理科第二。奖学金拿了 2900 块。"

陆初见被这个数额惊到："这么多！"

"年级前三嘛。学校给了 1000 块，校友捐赠的育人奖学金给了 800 块，家长会基金给了 500 块，还有我们班用班费奖励 300 块。"陆两两掰着手指头，"加上单科成绩排名第一奖 100 块，我英语、数学、物理都是第一。"

别看育德中学只是一所普普通通的市重点公立学校，它所在的这座三线小城市经济水平却非常高。拥有市内顶级教育资源的育德中学垄断了本地的生源。而由它培养出来的无数杰出校友，知名企业家现在每年对家乡母校的捐赠都非常可观。

所以，它的奖学金制度也特别感人。

金钱的力量，让她对育德中学充满爱意。

“跟同学相处得怎么样？”这个问题陆初见在电话里问过无数次，可还是想亲耳听陆两两说。

“还不错吧。”陆两两踮起脚，小心避开脚下的水坑，“高三嘛，大家都忙着背书刷题练听力，我周围的同学都挺好。”

“是刚才跟你一起出来的那群人？”

“对啊。”她点头，提起祝贺，“祝贺也在。不过他没伞，跟人拼一件外套，就没过来跟你打招呼，直接回去了。”

陆初见听她这语气不像是有情况，也就暂时不谈，转而说：“那住在表舅舅家，开心吗？”

陆两两蹙眉，像是不知道该怎么表述这个问题的答案。

她在脑海里不断地措辞，不断地推翻，力求一丝不差地表达她的真实想法：“表舅舅家方方面面都很照顾我，对我很好。但是，我有那么一丢丢的不自在吧。”

她语气不太坚决，因为不确定是不是不应该产生这种想法。

“舅妈每天晚上会给我送一杯热牛奶，顺便问我明天想吃什么。舅舅大概不知道怎么跟小女孩沟通，只会一个劲地问我钱够不够花。甚至，我经常听到他们跟小表弟说，姐姐在复习课本，你不要大声说话。”

她停下脚步，歪着头，隔着雨帘，对上陆初见的视线，一字一句地说：“我感觉，我在打扰表舅舅一家的生活。我在被动接受他们的善意，却不知道怎么去回报。这让我心里有点不踏实。”

压在心口两个多月的话，终于毫无顾忌地被她倾吐出来。她的情绪有点激动，却仍竭力克制："虽然这么说会让人觉得白眼狼。可是偶尔我会在想，为什么我不能在自己家？你们也会对我这么好，还会更好，可我能心安理得地接受，不会那么诚惶诚恐，觉得自己不配拥有了。"

她的声音渐渐低微："不过我清楚的，你们做了最好的决定。舅舅、舅妈他们人很好，把我照顾得也很好。"

平日里人头攒动的美食一条街在雨夜中格外寂寥，两边店铺大门紧闭，只有沉默伫立的路灯陪着陆初见听飘散在风里的心事。

陆初见从口袋里伸出手，拨弄着陆两两被雨水打湿而贴着头皮的冰冷头发。她的小妹妹，内心如同她的发丝一样，纤细柔软且敏感。

陆初见几度想开口，最后都以无言告终。

也许是那时候年纪太小，她对徐女士怀二胎的记忆一点都没有。五岁那年，她只感觉徐女士消失了几天，回来后家里就多了一个还没睁开眼睛的小娃娃。她好奇地趴在婴儿床边，摸摸小娃娃的头发，再摸摸小娃娃的脸，喜欢得不知道怎么办才好。

徐女士在旁边说："初见，以后要保护妹妹哦。"

她细声细语地应了声"好"。

"我很开心你能毫无保留地告诉我你的想法。但是，对不起啊，两两。”

这些字句飘忽得如同路边树上被雨水打得颤颤巍巍的叶子，下一秒就会支撑不住，从树梢掉落。

她还是没有保护好她的小妹妹。

家里发生的变故多得让人无暇应接，陆两两在她们都不注意的时候悄无声息地长大。

至少在陆两两这个年纪时，她依旧是个没心没肺的孩子，每天想着怎么躲过爸妈的视线，把陆两两逗哭。

陆两两眨了眨酸涩的眼睛，抬起头，她已经收拾好所有的心情：“你也不用这么愁眉苦脸觉得没有照顾好我。我已经是我们家最幸福的人了，你们把我保护得很好啊。”

明明陆初见只比她大五岁而已，却已经跟徐女士一起支撑着这个家。

陆两两记得几个月前，陆初见一个人出门，问她干什么去，她只说有点小事。陆两两好奇，偷偷跟在她身后。那天，陆初见去拜访了爸爸那边的许多亲戚，有些站在门口与她寒暄几句。

她站在楼梯拐角，看到站在门口的陆初见攥紧衣角，强迫自己问出声：“叔公，不知道你家能不能借点钱给我家，我外公的治疗费还有点困难。”

她听不见门内的人说了什么，只看到她姐姐面上一阵青一阵红，说了句再见，转身便泪如雨下。

入睡前的 QQ 群消息——

楚辞有文化：两两同学，晚上接你的漂亮小姐姐是你亲姐吗？

两两得肆：是亲姐。

楚辞有文化：你们长得不太像啊。颜值也就算了，为什么你姐姐身高一米七，而你……

两两得肆：你对我有什么不满意，你大胆说出来。

系统消息：【楚辞有文化】已被群主【严已律人】踢出本群。

严已律人：反派死于话多。

祝贺你：楚辞生得光荣，死得猥琐。

言再不贱贱：两两同学，你姐姐接受姐弟恋吗？你接受喊你斜后桌姐夫吗？

南澄妙想打人：@严已律人，群主，这里还有一个想走的。

3

“你今天怎么跟我一起来食堂吃饭了？”

为了照顾高三学生，学校食堂特地开辟了一个高三用餐区。只不过，座位数量跟高三年级的人数相比，还是僧多粥少。南澄妙端着餐盘，跟陆两两聊天的同时也没耽误寻找空位。人群里，她捕捉到一只手在示意她们过去。

陆两两跟在南澄妙身后，艰难地从人群缝隙里穿过。

“我舅妈昨晚跟我舅舅好像发生了点小摩擦。为了教训舅舅，我舅妈一大早起来拦着我，跟我说中午我们都不回去吃饭。这消息只有我舅舅不知道，他中午一个人回到家，将会面对家里的清锅冷灶。”

“你舅舅、舅妈这么会玩的呀。”

陆两两不置可否。

说话间，两人找到了地方。

顾律已他们正坐着一张六人座的餐桌，还有两个位置空着。见陆两两过来，他拿掉了原本放在凳子上的外套：“坐这儿。”

另一边的楚辞熟络地，带着平时没有的尊敬，招呼南澄妙：“南姐，您坐我旁边。”

“为什么突然对我这么狗腿？”南澄妙狐疑地打量他，认定，“你有阴谋。”

一腔敬意喂了狗，南澄妙根本不配拥有他的笑。

楚辞悻悻然收回笑脸，转而发送一个直白的鄙视：“我还是去尊敬老罗吧。老罗才是‘一字之师’。”

南澄妙这才恍然大悟，怪他：“你这人一点都不直接，早说清楚呀。”

楚辞对这个强词夺理的女人很生气。

言再钩着楚辞的肩，背出了一首打油诗：“莫生气莫生气，气坏身子又何必。气出病来无人替，你若气死我如意。”

楚辞：“你才气死。”

时间倒退到早上。

高三（7）班的黑板上特地留出一块地方，由班里的学生按照学号顺序负责每天在上面写一句名人名言或者谚语、古诗词……只要能够励志撒鸡汤，说点人生哲理的句子，都可以。

今天轮到南澄妙。

她写在黑板上的句子是这样的：

“糟糕的生活就像强奸，要么享受，要么反抗。”

班级同学被这句话的尺度所震撼，无一不对南澄妙竖起大拇指。

南姐，你牛。

上午第一节语文课上，老罗依照他的习惯提前走进班里。站在讲台前，他摸着下巴的胡楂，对黑板上的“每日一句”细思了几秒钟，拿起粉笔，在全班的瞩目中，对这句话进行了修改：

“糟糕的生活就像强奸，要么忍受，要么反抗。”

“职业病使然，我改了个字哈。”放下粉笔，他边摩挲着沾着粉末的指尖，边跟同学们闲聊，“强奸这个词，绝对不能用享受来修饰。就算实施者是你们的男神女神，也不能享受。这是一个有道德的守法公民对非法行为的坚决抵制。”

老师当久了，什么道理都能信手拈来，什么事情都想教给学生。

“其次，做人要自我要求，千万不能麻木到去享受糟糕的生活。对于不尽如人意的生活，忍受只是暂时的，当积攒的力量足够去反抗的时候，你还是会选择反抗。所以，反抗是必然的。总之，人要有韧性，要对这糟糕的生活勇敢 say no（说不）！”

收敛起说最后这句话的豪情壮志，他望着座位上一张张年轻的脸庞，真诚地祝福：“但是，我希望你们未来的人生坦荡如康庄大道，清风朗月相伴，一路繁花盛景。”

吵闹的食堂，陆两两咬着筷子问：“你怎么会想到摘抄那句话？”

南澄妙：“就是觉得这话有点道理。然后想给大家平淡的高三加些劲爆点的回忆。”

“南澄妙以前还干过一件事情。”言再吞下口中的食物，提起两年前，“她高一也跟我们一个班。有次英语课，我们要做 presentation（主题介绍），这姐们上去给同学们介绍了杜蕾斯。”

“杜蕾斯？”陆两两眼睛都瞪圆了。

南澄妙解释：“杜蕾斯每次的广告文案都很有创意！我是想让大家了解一下人家的 idea（创意）！”

陆两两对南澄妙再次竖起大拇指：“南姐，你真牛。”

言再说：“正好那时候的年级组长巡逻到我们班门外。然后，她就被叫家长了。”

南澄妙配合地发出一声壮士扼腕的长叹，接着低头往嘴里扒拉米饭。

“其实……”祝贺这时候插话，“南澄妙的家长也挺酷的。”

那时候他正好在老师办公室，恰巧听到年级组长与南澄妙父亲之间的对话。

年级组长说：“南澄妙在课上给同学介绍杜蕾斯。”

南父问：“老师，请问有哪条校规说，我孩子不能在课上介绍杜蕾斯的吗？”

年级组长摇头。

南父接着问：“那我孩子平时吸烟喝酒打架吗？”

年级组长否认。

南父说：“那我很奇怪现在我为什么会站在这里？我女儿学习成绩可能不是特别出色，但她热爱生活，善于发现。我为她的思想开阔而感到骄傲。作为家长，我不能给我女儿拖后腿，也请老师们，不要禁锢她的想法。”

时隔两年，他仍可以原原本本地复述出来，一桌人都被南爸爸说的话感动。

南澄妙清了清嗓子，矜持地说：“对，我爸就是这么一个酷boy（男孩）！”

4

吃完饭，一行人起身准备把餐盘送到回收点。

江琲走过来，叫住顾律己："阿律，我找你有事，能谈一谈吗？"

所有人都下意识地朝陆两两看去，包括顾律己。

场面僵住，江琲笑了一下，没有以往在顾律己面前的伏小做低，也没有在其他人面前的趾高气扬。她平和地看向陆两两："你不介意吧？"

江琲变了。

陆两两心想。

对比她第一次找上门说的话，现在一句话把顾律己的归属权主动划到陆两两手上的做法，简直判若两人。

"你问错人了吧，我不叫阿律。"陆两两避而不答，对其他人说，"你们不去放餐盘？那我先走了。"

说完，她逃似的离开原地。

食堂后面是一大块尚未规划的荒地，后来被食堂职工们种了各种蔬菜瓜果，再后来学校弄来一些简单的室外锻炼器材。不过这块地方向来是食堂阿姨们的天下，除了老师们偶尔来拔几棵菜之外，很少有学生能过来。

"你找我有什么事？"

顾律已双手插在兜里，背靠着一个秋千杆，询问的声音平稳冷静，直视着几步之外异常沉默的女生。

他本来没必要出现在这里，能跟江珧说的他早就说清楚，接不接受都是她的选择。

但，如今的顾律已明白喜欢一个人的感受。尽管被喜欢的他不需要为她的感情负责，可顾律已还是想再告诉她一回。

江珧在附近的一个位置坐下，语气坦然："我想有一个告别初恋的仪式，所以才来找你。"

这句话在她心里徘徊了很多遍，终于飘到了她想说给他听的人面前。

今天没有风，天空蔚蓝无云，是个以后能拿出来回忆的日子。

江珧笑意浅浅，迎上顾律已的目光。

他有点诧异，更多的是欣慰，不过他仍然保持礼貌地没有出声，尽职地在这场仪式里扮演倾听的角色，帮助她完成她想要有的告别仪式。

"喜欢你，真的是件很容易的事情。"她回忆着，"就因为有次你抬眸太好看，我就喜欢你到现在。"

高一那次出去玩，天忽然阴了脸，下起雨来，她们跟另一拨人避在一个屋檐下。

顾律己就在这时候出现在她的视线中，裹着斜风骤雨席卷而来。

他走到那群人面前，用手胡乱拨了拨头发，抬头那瞬间，眉如剑，眸似星。

霎时，天清气朗，她原本被雨水浇灌得潮湿的心，开出一朵小花来。

第一次遇见他的悸动，仍然铭记在心。让她一想起，就不自觉地微微笑。

江珧嘴角边的梨窝绽开，明艳的脸庞更加夺目："我原本很害怕，以后不会比喜欢你，更炽烈地去喜欢别人，所以努力想要争取，绝对不能让自己后悔。可这两天我才发觉，如果我的真心没有被你认真对待，那我的喜欢也就不值得了。"她自嘲地笑了笑，"没有夸父逐日的坚持，做一朵向日葵也会累的。"

"顾律己，我要收回对你的感情了。"

顾律己合上眼，头歪到左侧轻轻地点了一下，表示接受她的这句话。

"对不起。"

以前对她说这三个字是拒绝，这次是他无比诚挚地向她道歉。

江珧摇头："不怪你。说起来我也给你造成不少困扰吧？"

顾律己摇头。

其实是有困扰，但比起她错付的感情，这些都不值一提。

“以后做个陌生的同学吧。”她盯着地面上的某个点，笑容僵硬，像是花了大力气维持面上的和平，“我不会再打扰你了。”

“好。”他想了下，“谢谢你的喜欢。以后你会遇到恰好也喜欢你的人。”

他转身，走出了江珧稚嫩青涩的单向感情里。

她的眼泪无声地滑落，这是她喜欢了将近三年的人，现在依旧喜欢，以后说不定还会喜欢。

可是，人嘛，总要先喜欢自己。

陆两两手拄着腮，斜侧着身，不停偷瞄后面的空座。

顾律己怎么还没回来？有那么多话可以说吗？他们会说些什么……

脑子里积攒的问题越来越多，直到她意识到自己对后桌的过度关注，才收回视线，假装在做题，笔尖却在铺开的草稿本上胡乱地画着无用的线条。

“你在乱画什么？”身后乍然响起顾律己的声音。

陆两两压下嘴角的弧度，头也不扭地傲娇回复：“关你什么事。”

言再打断他们，问出了陆两两也想知道的问题：“阿律，江珧找你什么事啊？”

“关你什么事。”顾律己现学现用。

言再吃瘪，横了横心，搬出陆两两：“两两也想知道。”

竖着耳朵注意听的陆两两赶紧撇清自己：“谁说的，你别把什么事情都推我身上。”

“这天没法聊了。”言再愤怒地留给他们一个后脑勺。

当然，这种泄愤的举动，并没有引起其他两人的重视。

顾律己拉住也准备撤的陆两两：“刚才跑得很快啊，就那么迫切地把我扔下，让我跟人聊天？”

陆两两扯了半天，也没把卫衣帽子从顾律己手里夺回来，只好放弃，反驳道：“我扔得了你吗大哥？”

“我不管。”他又开始耍赖，“陆两两，你没听说过贵重物品请随身携带吗？”

“那顾律己，你说清楚，到底是你不是人，还是你是个东西？”

南澄妙听到这句话，扑哧笑出声。

顾律己的脸，妥妥黑了。

5

第二天晚上，陆两两裹着南澄妙的睡袍，盘腿坐在南澄妙宿舍的飘窗上。

微博上说，今晚会有百年一遇的狮子座流星雨。

说不上是“百年一遇”还是“流星雨”更吸引她，总之，下了晚自习，她答应南澄妙一起看流星雨的邀约，来到南澄妙的宿舍。

离流星雨出现的时间还早，南澄妙准备了一茶几的小零食，跟陆两两开启了想到什么聊什么的深夜座谈会。

“你知道吗……”

“我不知道。”陆两两插嘴。

南澄妙白了她一眼：“小同学不要这么皮。”她回到说八卦的情绪，兴奋地往下说，“文科（1）班有个女神，温温和和，白白净净，成绩也很好，真的是天仙妹妹一般的存在。他们班上有个男生，长相丑，成绩差，很不起眼，从高二下学期开始，每天早上给天仙妹妹送一瓶真果粒。”

她留了个白，喝一口奶茶，等到陆两两用眼神无声地示意她往下说时，才继续：“上周，天仙妹妹就跟这个男生在一起啦！1班的女生全都在咆哮，为什么天仙妹妹会瞎了眼？”

陆两两抱着膝盖，软软糯糯地总结：“这才是真爱吧。”

“不是真爱，是天仙妹妹见的世面太狭窄。”南澄妙摇头，“让她来我们理科班试试。顾律己天天给你送牛奶，怎么就没见你跟他在一起。”

不值得啊，一朵鲜花插在牛粪上。南澄妙深深地为漂亮妹妹而惋惜。

“可见天仙妹妹答应那个男生，不是因为送牛奶的原因。”她想起上次跟顾律已的冷战，眼眸微垂，“再说，顾律已给我带牛奶，是因为我跟他换豆浆啊。”

陆两两的营养豆浆那么不好喝，顾律已这还不算是真爱吗？

旁观者清的南澄妙都想扒开陆两两的脑袋，把她大脑皮层里面那根迟缓的粗神经给接上。她双手环抱前胸，挑明：“可是我觉得，顾律已喜欢你。”

房间里流淌着柔和的轻音乐，灯光熄灭，只留下一盏落地灯。她的话在这样静谧的环境里，仿佛是投下的一颗炸弹。

“你是看我快要睡着，在帮我提神吗？”陆两两逃避地把脸埋在膝盖中间，“聊别的八卦就好，为什么一定要说这个？”

“聊什么能比八卦你和顾律已更有意思！”南澄妙拒绝转移话题，越说越兴奋，“真的呀。我跟他同班这么久，还没发现他对哪个女生这么亲近的。你看啊，每天早上给你带牛奶，帮你喝豆浆；你热的时候，他在后面帮你扇风；你冷的时候，他起身去关空调。你生病的时候，他送你去医务室，还给你送作业……”

陆两两忍无可忍，从茶几上拿起一个小泡芙，粗暴地塞进南澄妙的嘴里：“请你闭上这张吧啦吧啦的小嘴。”

再让她掰扯下去，陆两两都要信顾律已喜欢自己这件事了。

微红的耳垂藏匿在昏暗的光线里，陆两两看着玻璃窗上模糊的倒影。

她现在最怕表错情，也最怕“我觉得”三个字。

可明知道不可能，还是会为了这些小事面红耳赤，心跳加快。

陆两两，你可真出息。

刹那，一阵疾风骤雨般的摇滚乐响起，南澄妙咻地从地上蹿起，关掉手机闹钟。

“11点15啦，还有15分钟流星雨就出现了。”

她已经把一分钟前的座谈会抛到脑后，像个拍拍手就走得干脆利落的渣男，扔下还停在上个话题迟迟不能回神的陆两两。

“我们要不要去楼顶啊。这里的视线不太开阔，我怕看不见流星雨。”

陆两两反应慢半拍：“好。去吧。”

她需要吹冷风，好让晕乎乎的脑子清醒起来。

6

楼顶离她们还有三层楼。

电梯已经停止运行，黑灯瞎火中，两个胆子不怎么大但很想去楼顶的人背贴着背，高高举着发出微弱光亮的手机，一个朝前一个向后，走在阴森的楼道中，一步一步蹒跚地向天台移动。

跨上最后一级台阶，打头的陆两两率先推开通向天台的铁门。

“别堵门口，进去啊。”背靠着她的南澄妙小声催促。

对于周围伸手不见五指的黑暗，南澄妙的心里就有点发毛。

“有人来了！”

“谁谁谁？宿管阿姨吗？”

“说了这里正对门口，言再你个傻子说什么方位好。好个屁啊。”

慌乱的惊呼中，传来顾律己上扬的语调：“陆两两？”

随后，几点猩红掉在地上，没入黑暗中消失不见。

陆两两认出了声音的主人，半眯着眼睛努力辨认，清冷的月光勾勒出几道比夜色更浓重的身影，遂放下戒备走了进去：“是我，还有妙妙。”

身后的南澄妙探出头，高兴地跑过去跟言再他们会合：“呀，你们也在啊。”

天台很大，夜色如潮水般从四面八方涌来，显得这里格外空旷寂寥。

陆两两下意识地拉拢原本有些敞开的长睡袍，将自己从头裹到脚踝。

顾律己打开手机的照明灯，走到已经变成一个粽子的陆两两身边，伸手帮她把睡袍的帽子扣在头上。

“吓到了？”

推开门的一刹那，他注意到陆两两呆滞了几秒。

“嗯。我一打开门，就看到几个红点飘在半空，我还以为……”她不好意思地压低嗓子，含糊地说，“是鬼火。”

她脑子里装的东西为什么这么搞笑，顾律已被“鬼火”逗笑了。

“你家鬼火这么小一点啊。”说完，他又开始哈哈哈大笑，手机的光都被他带得一抖一抖的。

“我又没见过。”她忍着羞，弱弱地辩驳，“你未成年就抽烟你还有理了。”

他身上有淡淡的烟草味。

陆两两没说，她从小就抽出她爸爸的烟盒，闻里面醇厚的烟草香。

“阿律，你在笑什么呢，来跟我们说说啊。”

楚辞他们受了次惊吓，已经把观星方位挪到另一头，隔着一段距离喊话。

顾律已止住笑正要开口，嘴巴一下子被捂住，一股柚子香忽然萦绕在他的鼻息之间。睡袍袖口毛茸茸的触感碰到他的脸，有点痒。

他定定地看着近在眼前的陆两两，自以为凶狠地瞪着他，丝毫没注意两人之间的距离，吐字清楚：“不许说话。”

深邃似黑夜的眼睛染上他都没察觉的柔软与笑意，他调皮地眨眨眼皮，仿佛在说：好，我答应。

陆两两也是这么以为的。

她缓缓放开。

顾律己的声音立刻响起：“刚……”

陆两两随即又捂上。

他嘴边的笑容加深，腹腔震动得像里面有只扑扇翅膀要起飞的鸟，即将冲破胸膛。

“幼不幼稚啊你。”

隔着一层珊瑚绒，顾律己轻揉她的发顶：“逗你好玩啊。”

时间已经到 11 点 30 分，但说好的流星雨迟迟没来。

他们也不着急，新闻里预估的时间本来就不会很准确。几个人索性关掉手机自带的手电筒，就着几不可见的月光，盘腿坐在地上。

南澄妙问：“你们怎么会想到来看流星雨？”

楚辞大大咧咧，掩盖着心虚：“百年一遇嘛。我对这种字眼最没有抵抗力了。”

“我们在打赌。楚辞要是再不找点什么借口做别的事，这个月剩的生活费就该输光了。”顾律己不留情面地让楚辞马上垮台。

祝贺说着马后炮：“楚辞同学，你不打赌，我不打赌，你的一千块不会输。”

“我可去你的。就你赢得多，有本事还回来。”

“嘻嘻嘻，我没本事。”

“那这个月你们轮流请我吃饭，要不然我得饿死。”

言再：“谁理你。”

几个人说得正兴奋，面向门口的祝贺察觉到门内透出来的光亮，神色一凛：“有人来了。”

他们几个显然已经遇到过很多次这种情况，熟门熟路地四下散开，躲在楼顶上的各种建筑体后面。

坐在言再附近的南澄妙，被言再牵着藏到储水器后头。

顾律已立刻起身，把陆两两拉起来拽进怀里，一只手握着她的手腕，另一只手臂搭在她的肩膀上，手臂压下来的力量让她弓着身，两个人猫腰躲到集热器背面。

原本还克制脚步声的宿管阿姨噔噔噔上了天台，手电筒的强光从左到右晃了一遍，没发现人影。她厉声说：“都出来！你们几个不睡觉，半夜在天台上吵吵闹闹的，像什么话。”

等了会儿，依旧没有人站出来。

阿姨堵在门口，防止有人从这里逃走。她拿出对讲机：“再上来几个人，学生们躲起来了。”

学生公寓的纪律一直很难抓，被分派到这边的宿管阿姨很想抓个典型，来次杀一儆百。

听着这句话，陆两两已经在预想明天早上全校通报批评的场面，她的心在打战，但还是不死心地想挣扎一下。她冰凉的手让顾律已觉察到她的不安，手掌轻轻在她背上拍了几下，贴着她的耳朵悄声说：“别怕，跟我走。楼顶另一边还有一扇门。”

温热的气流扑进她的耳里，蔓延至心间，方才的无措立时被驱走。

陆两两踮着脚，悄声跟着顾律已，从一个掩体挪到另一个掩体。

学生公寓左右两边都设置了楼梯，所以楼顶上也有两道门，恰好顾律已都有钥匙。

过了一会儿，对讲机再次响起：“我们马上到了。”

宿管阿姨终于放下心。手电筒胡乱扫射的光束不知道瞄到了谁，她大喝一声：“看到你了，还往那边跑什么呀，那边的门都锁住了。”

抓到一个学生犯小错误，宿管阿姨就会有奖金，所以宿管阿姨在这方面一向是不遗余力。

陆两两被突如其来的这声喊话给吓得打了个激灵。

顾律已低骂一声，趁光束定格在不知道是哪个倒霉鬼身上的时候，拉着陆两两往前小跑起来。几秒的工夫，就到了另一扇门前，楚辞已经等在门口。

顾律已把陆两两藏在他的身前，接着从兜里掏出钥匙，迅速打开门。

几个宿管阿姨都已经来到楼顶，她们根本没想到学生们全都转移到了另一边的出口，还站在原地喊话。

“你们都出来，别藏了。”

“早点出来认错，早点回去睡觉。”

“再不出来小心我们去调监控。”

楚辞轻蔑地“嘁”了一声：“我还真不信能被抓到。”

他让顾律己带着陆两两先进去。

他站在门口，给其他还没到达的三人发送信号：“流星雨来啦！”

楼道里的感应灯啪地点亮，天台上剩下的几人见门已经打开，也都顾不得暴露在手电筒下，赶紧直起身往这里跑。

楚辞的嘴真的很灵，流星雨就这么被他叫来了。

陆两两的下巴被一只手轻轻捏住，带着她面向门口。

顾律己说：“给你看一眼流星雨，然后我们就要逃命啦。”

漫天星斗在上，愿我爱的人无病无灾。

她的脑海里闪过外公、徐女士、陆初见、爸爸，还有……顾律己。

7

今天晚上绝对是陆两两十七年人生中，最刺激紧张的时刻。

他们在楼顶上逃过一劫，上一秒在混乱间看到流星雨的陆两两，下一秒就被顾律己带着一路往下冲。

楼道口的感应灯一层一层逐渐亮起，跑在前面的楚辞跟祝贺两人，逃跑的速度快赶上跑酷级别的选手，转眼间就已经下了几层楼。

陆两两不敢发出任何声音，汗湿的手只能被顾律己紧紧握住，两个人的脉搏似乎在这个时候统一成一个频率。

直到来到 5 楼，顾律己用楼层卡刷开安全通道，陆两两才回过神，她跟错人了。她应该跟着南澄妙，一起回 7 楼的。

但此时已经来不及，又有脚步声从楼下正在往上赶来。

顾律己推开安全门，路过几扇房门，用钥匙快速打开 518 的门。

他把陆两两推进去：“这是我的房间，你先自己待着。”

然后合上门，拔掉钥匙，等在门口。

房间里亮着灯，陆两两无心打量，她侧着脸把耳朵贴在门上，听外面的动静。

顾律己在外面等了会儿，就看到有人追来。他斜靠在门上，故意说：“老师，早知道是你在追，我就不跑了！”

这个值班老师，他很熟悉，经常逮到他们半夜打游戏、夜不归宿什么的。

顾律己他们惨不忍睹的德育分，一大半是这个老师的功劳。

值班老师累得气喘吁吁：“宿管阿姨说有几个学生快闹翻天了。我就知道是你小子，都不用去猜是谁。”他推心置腹，真情实感地劝着，“律哥，咱就不能消停一段时间吗？”

顾律已苦着脸，也是一脸诚恳：“老师，新闻上都说是百年一遇的流星雨，学校难道不准我们开阔眼界吗？”

“你不如明天去问问校长。”值班老师的声音变得严肃，“明天交 2000 字检查，全校通报批评，周一在国旗下做公开检讨。”

“行吧，我知道了。”

目送值班老师离开，顾律已松了口气，再次开门进入房间。

陆两两忙退开几步，等他合上门才问：“刚刚不是可以一起进来的吗？你为什么留在外面等着被老师抓？”

顾律已在玄关换了拖鞋，又拿出一双鞋摆在她面前，用下巴示意她换上。

“我拿钥匙开了楼顶的另外一扇门。”他解释，“老师就知道今晚的人里面有我了。”

“为什么？”

“住这里的学生里，只有我有钥匙。”

陆两两更不解：“这又是为什么？”

顾律已看她换好鞋，领着她走进去。

“因为这栋学生公寓是我的。”

这话说得像谈论天气那么自然，但陆两两莫名有一种“天凉王破”的感觉。

她瞪大了眼睛：“大户人家果然不一般。”

顾律己警告性地给她一记眼刀，指着沙发让她坐下：“等晚一点，我再把你送到7楼。”

“喝水吗？”他不等回答，从饮水机里倒了一杯温水递给陆两两，接着说，“今晚抓到一个我就足够了。宿管跟值班老师现在应该继续安心睡觉了。”

公寓的每层楼道都有监控，平时不会去查看。可今晚要是一个人都没逮到，说不定还真的会去调监控。

陆两两捧着水杯：“这不就是牺牲你一个，幸福我们大家？”

“你说呢？”

“嘿嘿嘿，这多不好意思啊。”

顾律己在她对面坐下，玩笑似的：“真不好意思的话，那你答应我一件事呗。”

“你这个有点老套啦。”

“我不管。”顾律己靠在椅背上，“你只说答不答应。”

“行吧。”

谁让你是唯一被抓住的倒霉蛋呢。

手机发出一连串嗡嗡声，其他人开始在群里相互询问。

楚辞：大家都安全吗？

祝贺：逃出生天。

南澄妙：@陆两两，你在5楼吗？

言再：我的老天鹅啊！我居然进了女生楼层！女生房间！@阿律，你等下来认领我。

楚辞：5楼男生楼层发来贺电。

祝贺：贱贱，情绪不要外露，你是见过世面的人。

陆两两：我在5楼，等下我就上去。

楚辞：@顾律己，你是不是被抓到了？

顾律己：嗯。

言再：阿律不下地狱，谁下？

用户【言再】已被群主【顾律己】禁言30天。

顾律己：检查通报做检讨一条龙，你们可以来认领了。

楚辞：好的，我帮你写检查。

祝贺：我去找公开检讨的发言稿。

陆两两：你们都好自觉啊。

顾律己：习惯了。

呃，到底是习惯了一起分担，还是习惯了检查通报做检讨这种一条龙服务？

Chapter 9

祝你生日快乐，感谢你在这里诞生。

陆两两日记：

2013年12月25日

你一定是圣诞老公公送来的礼物吧。

顾律己读后感：

陆两两，谢谢你在我的十七岁生日，愿意做我的圣诞老人。

1

十二月的第二周，轮到高三（7）班担当值周班级。

李和章拿着八条红绶带交给陆两两，让她负责统管校门口检查这一任务，一起站岗的人选由她指派。

女生倒还好，南澄妙第一个报名，还有另外两个女生也踊跃参与。

至于男生……

班上大部分男同学不约而同地低下平日里高昂的头颅，对陆两两的视线避之如蛇蝎。没人愿意早起半个小时，在冷风中像个迎宾人员似的傻站在大门口。

世态炎凉，陆两两没办法，只能下定决心坑队友，把无助又可怜的目光投向顾律己。

顾律己在这一刻认清了自己——放在古代，他一定是烽火戏诸侯的昏君。

他挣扎了片刻，不顾言再在桌底下又是掐又是捶的小动作，妥协道："四个男生就不用找了，我们去。"

友谊的巨轮在爱情面前说翻就翻，言再绝望地闭了闭眼。

被他简简单单用"我们"概括的其他人，哭丧着脸，站起来跨越一个班级的距离就嚷嚷起来。

"阿律，我现在就给你表演一个原地绝交！"

"以前说站在门口的人像傻瓜，现在你自己要去做傻瓜。"

顾律己全盘接受三人的怒火，掏了掏耳朵，斜睨着他们："那你们去不去？"

三个人齐声："我们去。一家四口，就是站岗也要整整齐齐。"

看顾律己一下子帮忙搞定了剩下的名额，陆两两对他的感激之情简直要爆棚。她语无伦次地想表达一下对他的感谢，以及对他站岗的期望："顾律己，你真是个大好人。你是育德中学的门面担当！你站在育德中学的大门口，大家一定会欣赏到你的帅气。"

“陆两两。”顾律已脸上并没有被夸奖的喜悦。

“嗯？”

“我劝你闭嘴。”

周一早上，陆两两一行人在校门口集合完毕，每个人的胸前肚都斜挂着红绶带，在这被白雾笼罩的清晨里，分外瞩目。

此时太阳尚未跃出地平线，远处的云层被镀上一条金边，育德中学里只有鸟鸣声清脆，更衬得校园宁静悠远。而一墙之隔的美食一条街上，各种早餐摊子早就摆出，蒸腾的热气袅袅地汇入晨雾中。

陆两两扯住顾律已的衣角：“你背后这条绶带没有弄整齐。”

她都坑了顾律已来站岗，肯定要把他方方面面全给安排好。

于是，陆两两就变得很狗腿：“来来来，我帮你弄平整。”说完，低头专心地帮他解开别针，调整绶带，用力抚平上面的褶皱，随后再用别针重新扣好。

顾律已看着这样子的陆两两，脑海里忽然想起他父母。

顾仲言平时出门上班前，总会站在他妻子孙遇面前，让她帮忙系好领带。多少年了，这似乎已经成为他们之间的习惯。

他移开目光，微抿嘴角，几步之外的言再正对他挤眉弄眼。

陆两两毫无所觉，做完一切：“好了，又是一个帅气的迎宾小哥！”

顾律已指着她胸口：“实不相瞒，迎宾队伍有你一个。”

他歪着头，仔细地将陆两两从头到脚扫视一遍，好像哪里有点不一样。

嘴唇比平时红了一点?

他挑高眉，若无其事地问：“陆两两，你该不会是打扮过了吧？”

“没有，没有！”陆两两慌忙摆摆手，“妙妙早上给我擦了变色润唇膏而已，说精神容貌会好一些。”

其实南澄妙是想给陆两两化个淡妆的，她的原话是：“要让小学弟们清楚地了解我们高三理科班女生的颜值水准。”

不过陆两两嫌麻烦，只是稍微抹了变色唇膏，让嘴唇更有血色一些。

不远处，跟楚辞斗嘴的南澄妙，莫名感觉到了一丝寒意。

快到站岗时间，陆两两照着手册上的规定提醒大家：“等下看到老师进校，要一起喊‘老师早上好’。扣分情况就注意三样：染发烫发、没穿校服、没佩戴校徽，每种行为，德育分减两分。”她看到“没佩戴校徽”几个字，下意识地望向顾律己校服左胸的位置，放下心，随口问，“我好像第一次看你戴校徽？”

“是啊。平时不喜欢戴。”

他不在乎这点德育分。

楚辞帮顾律己补充：“校徽上有阿律照片，从高一开始他的校徽就不知道丢过多少个了。后来，他就懒得戴。”

陆两两了然，凑近一些，校徽上的顾律己眉眼间的锋芒尚未展露，下颌骨的棱角圆润，白白净净，比起现在稚气很多。

“这是你什么时候拍的照片？”她戳着顾律己校徽上的照片。

“高一进校。”

“哦，难怪。”

“你不用说了。”他下意识感觉接下去的话，他并不是很想听。

“不，我要说！”

她今天一定要真情实感地夸一夸顾律己，毕竟他帮了那么多忙！

陆两两双手合拢，围着嘴巴，踮着脚在他耳边说：“你那时候比现在可爱，让人看了想捏一捏你的脸。”说完，观察他的表情。

好像没夸到位，陆两两继续：“但是，你现在长大了，比高一时帅很多。”

她这到底是夸还是嘲?

顾律己没好气地捏着她的包子脸：“你也很可爱。好了，给朕退下吧。”

站岗小分队：怎么觉得站岗的人里面，出现了两个叛徒。

按照惯例，八个人是男女分别站一边。但顾律己率先自觉地站在了陆两两身边，于是陆两两、顾律已、南澄妙、言再站在一边，其他人站在另一边。

监督他们的值周老师到了后，看到这样子的站位愣了一下，不过也没说什么就是了。

时间已经到了早上六点二十分，开始有三三两两的学生地进入学校，站岗小分队也打起精神开始第一天的检查任务。

然而，没过多久，陆两两僵着手在值周表上记着违规同学名字的时候，暗自后悔不该让顾律已过来在门口检查。

值周表上这一长串且还在继续增加的名字，大部分全是顾律已的“锅”。

比如——

“学姐，我是高一 × 班的 ×××，我没戴校徽。”她面朝着顾律已，特地贴心地又报了一遍名字。

陆两两忍住：“好，我记下了。你赶紧进去吧。”

“学姐，我也忘了戴校徽，我是高二 × 班的 ××。”

陆两两：别以为我没看到你在进校门之前特地摘了校徽。

“学姐，我是高一 × 班的 ×××。我……我染了头发。”

这个小学妹有点眼熟，陆两两在本子上记完名字才想起来：“哎，你不是那个……”她用手肘碰了碰顾律已，“上次那面锦旗，就是这位小学妹送的。”

小学妹内心欣喜于陆两两的上道，她顺着陆两两介绍的话，羞涩地跟顾律己打招呼："嘿嘿嘿，学长早上好。"

顾律己瞟了小学妹一眼，想起言再带回去玩了好多天的锦旗，微微颔首。

小学妹接着问："学长，那面锦旗……你喜欢吗？"

顾律己瞪了一眼看好戏的陆两两："学长不喜欢，学长的其他同学很喜欢。"

小学妹干笑着逃离现场。

2

"两两，给你。"南澄妙从同学那里回来，手里分出一个蓝色文件夹给陆两两，"等下你去高一（3）班，人在最里面一排倒数第三个座位。我去高一4班。"

陆两两笑得开心："嘿嘿嘿，好。"

值周班级负责的事情很无聊，大家早已学会从中发现乐趣。

女生们喜欢做的事情就是趁着去别班监督做眼保健操的时机，可以欣赏五分钟的闭眼做操的小帅哥。

7班女生第一天就在高一（3）班发现了个很酷的帅气小学弟，回来之后分享给大家，后来每一次去高一（3）班检查，都会换一个女生过去。

这一次就轮到了陆两两。

顾律己本来是在听言再闲聊，此时嘴角边原本噙着的笑已经消失。

他揪了揪陆两两的后衣领，让她回头：“你要去监督别班做眼保健操？”

“是啊。”

“该不会是去看人吧？”

作为每节眼保健操都会被站在门口的监督员全程紧盯的受害者，顾律己非常懂这个套路。

陆两两莫名心一慌，有种做错事被抓到的心虚感觉。可为什么会有这种感觉，去看小帅哥天经地义碍不着谁！

她梗着脖子承认：“是呀，去看帅气小学弟。”

这副色厉内荏、外强中干的样子，让顾律己也生不起气。

他提醒着：“陆两两，我跟你说，我特别烦别人趁这个时候来班级里偷看我，又不是动物园里的大熊猫。所以……”

“所以，两两，吸取教训，想想来我们班看顾律己的女生，你只要别学她们的样子就好了。低调点，眼神别直视，别一眨不眨地看着别人，要用余光瞟着看，这样才不明显。”南澄妙嘴快，接着顾律己的话跟陆两两分享经验。

接收到顾律己投射过来的慑人目光，她讪讪地在嘴上拉上一道拉链，表示闭嘴。

专心吃瓜的言再忍不住为她点根蜡，在顾律己面前教陆两两怎么看帅哥，南澄妙，究竟是谁给你的勇气？

陆两两捂着嘴偷乐："反正我也不想做眼保健操，随便去看看。"

顾律已见她还是要去，不由得有些烦躁："我说陆两两，你眼里还有我吗？"

这句话暧昧到极致，让陆两两的心猛然跳得飞快。

"你不知道我们班才是育德女生最想来参观的班级？每次做眼保健操，都会有人来看我。"顾律已说得语重心长，"陆两两，珍惜一下我吧，能让你随时随地看个够。"

陆两两的心又坐了一趟过山车，她脸上有点挂不住，说得也不留情面："顾律已，你知不知道什么叫作审美疲劳？什么叫作得不到的在骚动，被偏爱的有恃无恐？"

"你这是承认你在被我偏爱？"顾律已斜倚着墙，嘴角轻浮地上挑，眼神突然变得意味深长。

"不。我就是嘴快说了一句完整歌词，其实重点是前半句。"陆两两瞪着他，"你这张脸在我这里不值钱了。"

她胆子膨胀得这是要起飞吗？

顾律已收敛了笑意，撑着桌面缓缓起身，以居高临下的姿态朝陆两两慢慢逼近："你刚才说什么，再说一遍？"

陆两两往后靠，拉开跟他的距离。她眼神游移，嘴上依旧不认输：“我等会儿还说，可是顾律己……”她眯着眼睛聚光，想看清楚对方神情的变化，“你该不会在吃醋吧？”

形势翻转，顾律己呆滞了一下，表情没再那么嚣张，他鸣鼓收兵，重新坐回去：“没有。”

“真的没有？”

“我说没有就是没有。”

陆两两仰着脑袋，站起身：“行吧，时间快到了，我去看小学弟了。”

顾律己看着她意气风发的背影，问言再：“你说是她太飘，还是我拿不动刀了？”

言再鄙视着：“你什么时候对她拿得动刀？”

检查完眼保健操回来，南澄妙跟陆两两打听，小学弟究竟怎么样。

陆两两想了下，不知道是不是其他人对小学弟吹得有点高，总之，她没觉得是多帅一个小学弟。

不过，她还是说：“酷是挺酷的。毕竟，他做操过程中是不苟言笑的状态。但是吧，他像是偶像剧里开重型机车奔驰在公路上的……男二吧。”

她听到后座的顾律己发出一声清浅又不屑的“嘁”。

3

冬天的南方，湿冷的寒气仿佛要钻进人的四肢百骸里面，把血液凝结成冰块。

陆两两双手“农民”揣，生无可恋地反思，为什么她会出现这里让刺骨的冷风胡乱地往脸上拍？一个小时前，她还待在家里，裹着两床被子趴在床上看书。

现在，她戴着一顶绿白相间的青蛙外形安全帽，蹲在冷风中，认命地等待接下来的兜风之旅。

没错，在冷得可以往外哈白气的时候，陆两两被顾律己拉出来兜风。

有钱人家的少年可真会玩。

一个小时前。

陆两两用最保暖的学习姿势，窝在被窝里看书时，接到顾律己的一通电话。

“陆两两，出来玩。”

“不，我要学习。”

“劳逸结合，给你放松一下。”

“不，外面冷。”

顾律己见请不出来人，只好搬出一句话：“你答应过的……”

都不用把话说全，陆两两马上答应：“好的，我明白了。我出来。”

千错万错，就不该对顾律己有丝毫愧疚。

看流星雨被抓的那天，陆两两过意不去，就说可以答应顾律己一件事情。

她万万没想到，会搬起石头砸自己的脚，当初还不如去自首。

他们现在在一条未通车的新路段上，位置偏僻，四周是一望无际的农田。旁边停着一辆货车，正从车厢内往下卸一辆崭新锃亮的重型机车。

穿着一身黑色皮质机车服的顾律己，身姿挺拔地站在车门处，一丝不苟地检查机车的每一处细节。

他很适合这身衣服，从发丝帅到脚上的那双马丁靴，除了……

陆两两问：“你这么穿不冷吗？”

有种冷，是穿着羽绒服雪地靴、围着围巾、头戴防风安全帽的陆两两觉得你冷。

顾律己停下手上的动作，扫了一眼蹲成一个球的陆两两，忍俊不禁：“我没你这么虚。”

检查好，他招招手：“走，哥带你兜风。”让你见识一下，什么是偶像剧里开重型机车奔驰在公路上的男主角。

他率先跨坐在机车上，戴上安全帽和手套，盘算着，一定要让陆两两长长见识。

陆两两慢慢挪过去，扶着他的肩，稳稳坐好："我们现在兜的不是风，是疯。"

"陆两两，你前后鼻音发得不标准，别为难自己。"

"揍你哦！"她重重地在他肩上捶了一拳，嘴硬，"普通话就得说得普通一点，要不然为什么叫普通话。你们的才不标准。"

顾律己眼眶里盛满笑意："对。陆两两说什么都对！"

"要开啦。"他刚想发动机车，又停下来，把她放在自己肩膀上的手拿下，塞进他的外套衣兜里。她的手臂环住他精瘦的腰，慢慢贴近这个有着清冽味道的人。

"你要抱紧我。"

风驰电掣，一瞬间所有景物都在倒退，仿佛天地间万物都被他们抛之脑后。

只有顾律己，带着她驶向看不到尽头的终点。

一个小时后，直到周围景物里开始出现高楼大厦，下一个斜坡就能融入市中心的交通线，顾律己这才停下来，结束了这场冬季兜风之旅。

全程默默跟在他们身后的两个货车师傅，再次把机车装上了货车。

陆两两揉着被风吹僵的脸感慨："有钱真的可以为所欲为。小少爷兜个风都要三个人陪。"她愣了下，开心地对着顾律己显摆，

“嘿，你看，文化人随意感慨一句都还押着韵。”

顾律已帮她把安全帽摘下来，用手梳理她有点乱的头发：“那文化人你有点吃亏，我没发你工资。”

陆两两沉思片刻，避开货车师傅，捂着嘴让顾律已附耳过来：“我挪出宝贵的高三复习时间出来陪你。老板，麻烦工资翻三倍。”

顾律已补了她一个栗暴。

货车原路返回，消失在来时的方向。

顾律已跟陆两两从斜坡下去，往前再走半个小时就可以到他们学校附近。

周围没什么遮挡物，北风呼啸着迎面刮来，陆两两的长发在风中凌乱飞舞，她却顾不得许多，用两只套着手套的手捂着被吹僵的脸，希望可以回点温。

“你停下。”

顾律已站在她身前，给她收拢好头发，帮她把羽绒服的帽子给戴好。

这还不算完，他让陆两两的手移开。在陆两两的极端不配合下，他强制性地把帽子两端的抽绳给拉得紧紧的，在陆两两的下巴处打了一个结。

大大的羽绒帽收着口，把陆两两的脸包进去了一大半。

顾律已很满意这样子的效果，这才出言责备她刚才一直摇着头捣乱："动什么动！你都冷成这样了，还不戴上帽子。"他指节弯曲，敲在陆两两额头上，"傻不傻。"

"本来不傻，戴上这帽子就很傻。"陆两两低头，用手捂着头，超小声叨叨，"戴羽绒服的帽子好难看，这是我最后的倔强。"

"都快流鼻涕了，还要什么倔强。"顾律己把她的头摆正，盯着看了几秒，憋着笑，"这么看是挺丑的，像颗卤蛋。"

其实并没有。

陆两两的五官很精致，大大的眼睛水盈盈的，现在鼻尖被冻得有点红，看上去可怜又可爱。

陆两两气得瞪大眼睛："顾律己，你浑蛋！"

女孩子想听的不是这样子的话好不好！

她恼羞成怒，拨开顾律己的手，埋头噔噔噔地往前走，脚步故意踩得很重，想用鞋子敲击地面发出的声音让顾律己深刻体会到她的怒气。

徒留后面的人无奈地提醒："你看着路……"

拐角突然出现两个背着旅行包的外国人，手拿地图避开横冲直撞的陆两两。

顾律己忙跑上前，把她拽到身旁让她站好："让你看着路吧。"随即转身，替陆两两跟对方道歉。

陆两两抬头瞄了眼，也跟着不好意思地说："Sorry.I didn't

pay attention（抱歉，我没注意）.”

对面两人一边说“Fine（没事）”，一边摆手表示没关系。

气氛和谐友好。

陆两两向旁边移了一步，躲在顾律已的身后，用额头轻撞着顾律已的后背：“好丢人啊，顾律已。”

羽绒帽让她这颗卤蛋失去面对陌生人的勇气。

她不想让这样搞笑的形象，出现在国际友人的面前。

顾律已右手往后一揽，反手拍了拍她，以示安抚。

迷路的两个外国游客不知不觉走出市中心，到了一个荒无人烟的地方。地图跟手机导航都没用，好不容易看到路上出现了两个小朋友，两人特别开心。

他们翻出手机里拍下来的地址，问顾律已，这个酒店应该怎么走。

顾律已用自己的手机搜了一下路线。他让对方拿出笔，告诉他们往哪个方向走，路上有什么地标，同时也在他们的纸质地图上标注出来，画了一条路线。

等确认外国游客已经明白之后，他才把笔跟地图递还回去。

他的声音清透，语气淡定，英式发音古典高雅，跟两个外国人对话流畅，有些句子陆两两都听不懂。

只记得最后两个外国友人说：“Your girlfriend is so cute（你

女朋友真可爱）.”

而顾律已笑容更加真实，摸着她的脑袋说了句：“Thank you（谢谢）.”

跟对方分别后，陆两两满脑子还盘旋着“girlfriend”这个单词。

她眼珠来回转，时不时偷瞄顾律已，咳了咳清了清嗓子：“顾律已。”

顾律已转身看她，等着听她下面要说的话。

可陆两两纠结半天：“没想到你英语这么好啊。”

她㞞，还是不敢问他为什么直接默认对方说的 girlfriend。

看着她闪躲的眼神，顾律已暗骂一句“小㞞包”：“小时候在英国待了几年。”

“哦。”她点头，想起什么，问道，“那你上次给我介绍的翻译活，明明可以自己翻译的，为什么要给我啊？”

“因为我懒啊。”顾律已说得理直气壮。

晚上，陆两两问视频里的南澄妙：“我朋友，跟她一个男生同学出去玩。然后路人跟她的男生同学说，你女朋友真可爱。她的男生同学没否认，直接说谢谢。”

她的代词用得又长又累赘，像是绕口令样说完这段，她深呼口气，说：“你说我朋友的男生同学是什么意思呀？”

明显的“朋友就是我”系列问题，南澄妙沉不住气稳不住心，直接拆穿：“顾律己这么说了？”

陆两两无语，也不想再藏着掖着：“嗯。”

“我就说他喜欢你吧。”南澄妙很得意。

陆两两顿了顿，说：“我知道。”

她知道顾律己喜欢她，只是想找别人来帮她确定一下。

南澄妙在电话那头好奇：“那你喜欢他吗？”

“喜欢啊。”陆两两索性直接承认，“长得帅、修养好，还会照顾人，我当然会心动。”

“所以，你们就等着告白这一步了？”南澄妙这个局外人比陆两两这个当事人还兴奋。

陆两两摇头：“高三最后一年，我还是好好学习。”

其实说来也是自私，她害怕确认关系。

没捅破这层窗户纸之前，他们还是普通同学，不需要对对方负责，也不用特地去照顾对方的感受，只需要享受充盈在互两之间的暧昧情愫和心动的片刻。

陆两两想了想，说：“不知道你会不会这样。反正我吧，有个毛病。”其实她以前也喜欢过别人，也被很多人表过白，“只要别人亲口对我说他喜欢我之后，我就变得没那么喜欢他了。”

那句歌词说得没错。

得不到的在骚动，被偏爱的有恃无恐。

她想多喜欢顾律己一下。

4

转眼就是平安夜，学校门口的两棵常青柏应景地被挂上各种彩灯彩带，俨然成为两棵高大的圣诞树。校园广播里无限循环着《铃儿响叮当》，来来往往的学生手里几乎都拿着包装精美的平安果，有些人头上还戴着麋鹿发箍。

满校园都洋溢着过节的气氛，高三（7）班也不例外。虽然没多少时间去用心装扮，但同学们也早早地网购了一些装饰材料，窗户上黑板上都贴上圣诞贴纸，墙上还挂着一些圣诞花环。门上粘着的星星灯一闪一闪的。

陆两两还没进班，透过窗户就看到教室里所有人都坐在座位上，害得她以为是坐班老师提前到了，赶紧加快脚步走进去。

结果，教室里并没有老师。

言再跟祝贺两个人，一人提着一个大袋子，正在给同学们发苹果。

陆两两走到座位上，扫视一圈，问南澄妙："他们这是在干什么？"

坐在言再座位上的楚辞哀怨地回答："上次看流星雨那晚，不是说我打赌输钱了吗，他们拿着我输的钱，买了四十多个平安果，说给班上的同学一人发一个。”

顾律已托着腮，凉凉地说：“还是怪你输得不够多，多输点，我们能给全高三学生买。”

楚辞的心像被灌了一瓶冰雪碧，比透心凉还透心凉。他抹去不存在的眼泪，凄凄艾艾地唱着：“小白菜啊，地里黄啊，两三岁啊，没了娘呀。”

歌声太悲惨，附近的人乐得眼泪都快出来了。

唯一拥有最后一点良心的陆两两，从包里拿出一个苹果，递给楚辞：“喏，看你这么可怜，给你。”

这是她表舅妈在她出门前塞进来的，说要过得有仪式感，平安夜吃苹果。

陆两两对这些没什么在意，只是别人有的，她也想有罢了。

楚辞接收到顾律已带着刀光剑影的凶戾眼神，立时把头摇得跟拨浪鼓似的：“别别别，我不吃苹果。对了，阿律给你买了个苹果。”

顾律已在桌下狠狠地踢了楚辞一脚，示意他话说得太多。

顾律已从抽屉里拿出一个他在水果店里挑了很久才选出来的又红又亮的苹果，上面有“平安”两个字。他假装随意地把苹果放在陆两两手心，语气慎重：“吃完要平安一辈子。”顿了顿，加上句，“不是拿楚辞输掉的钱买的。”

陆两两感动之余，被后面这句话逗得又笑出声。她把递出去的苹果稍稍往左边偏移，挪到顾律已面前：“礼尚往来。顾律已，祝你平安。”

散发着单身狗清香的楚辞看不惯这个场面，他把手里统一批发的平安果递给南澄妙：“南姐，祝你平安。”

结果，南澄妙接过苹果，高冷地道谢，便转身留给他一个残忍的背影。

“南姐？南姐？”楚辞万万没想到是这样子的剧情发展，趴在桌子上，伸出“尔康”手，“南姐，你不要没收我的平安果啊。有来有往，你该给我送一个平安果啊。”

他又抹起了虚假的泪水：“坐在这个位置上，我已经感觉到言再‘团欺’的地位了。”

顾律己嫌楚辞太吵，让他小声点。

他突然对陆两两说：“明天晚上……”

说到一半又不说了，他想，她应该不会翘掉晚自习跟他们一起出去。

陆两两原本还在故意捧着苹果，扎楚辞破碎的小心脏，闻言转头问：“怎么了？”

顾律己摇头，只说：“明晚我们几个不来上晚自习。”

“嗯？是干什么去吗？”

顾律己说得光明正大：“逃课出去玩。”

陆两两突然拔高声调：“不是吧，你们几个大男生也太有仪式感了吧！是要去过圣诞节？”

楚辞修补好破碎的小心脏：“两两同学，要不要加入我们啊。”他不记仇地大声邀请背对着他的南澄妙，“南姐，一起来啊。”

南澄妙摇摇手。

陆两两也说：“不了，我的胆子暂时还不够支撑我逃课出去。祝你们玩得开心。”

不过，事情总是出人意料。

第二天晚上八点多，在学院路的一个桌球摊上，陆两两跟顾律己相遇了。

顾律己跟言再他们从一家饭店里出来，准备去电玩城，结果在路上看到一个原本应该出现在教室认真上晚自习的身影，正在用一个连入门级都算不上的卧杆手势跟八号球死杠。

他拦住其他人。几个人就站在不近不远的地方，看她怎么打球。

第一杆，根本没碰到球。

另一位参赛选手南澄妙，出于同是菜鸟般的惺惺相惜，很宽容地让她再试一次。

陆两两感恩戴德，继续咬着下唇认真地出杆。这一回碰到了黑八，但球只是给面子地移了一点点位置，更别说是去撞其他球了。

一旁观战的老板，捂着脸不想看她们糟糕的战绩，痛苦地说：“你们还是不要玩了。玩了快一个小时，一个球都没入袋。我把钱退给你们行不行。”

陆两两字正腔圆地拒绝：“不，我马上就能打进球了。老板，我们还没玩完。”

老板心塞。

一局球收五块钱，正常人十分钟左右就能结束一局。

今天碰到这两女生，看这架势估计给她们一晚上都结束不了，偏偏还不愿意离开。

一行人忍不住笑出声，声音惊醒了两个沉浸在桌球世界的人。

见被围观，陆两两跟南澄妙心里不约而同地涌上一股难言的羞涩。

顾律已走过去，接过陆两两握着的球杆：“你们怎么出来了？”

“今天我们学校电路烧了。教室里没灯，然后就说放学了。”陆两两说。

南澄妙看今天下课得早，就拉陆两两出来吃东西。路上看到桌球，两个人心血来潮都想试一试，也不懂规则，就一通乱打。

老板显然认识顾律已，看到他很开心，欣喜地说：“你们认识啊。那你赶紧帮她们把球打进去，早打早完事。”

他都想着，以后立个“本店不招待新手”的牌子。

面对这种明晃晃的嫌弃，陆两两底气不足，无话可说。

只见顾律已俯低身子，少年修长的身姿弯曲成一把蓄势待发的弓。他收紧下巴，瞄准位置之后，迅速出杆。

一个球应声入袋。

随后，一个两个三个……直到小球全部消失在桌面上，时间只是过去了六分钟。

南澄妙跟陆两两看得目瞪口呆。

在她俩的星星眼中，顾律已淡定地放下球杆："时间还早，要不你们跟我们一起去电玩城玩一会儿。"

陆两两今晚放飞自我，自觉地跟在顾律已身后准备去见识新世界。

电玩城入口，楚辞兑换回来一大袋子的游戏币，分到每个人手里。

"你们想玩什么项目？"

这句话的"你们"特指陆两两跟南澄妙。

南澄妙看着不远处的射击项目，就指着那个："我以前玩过CS（'反恐精英'，是一种以团队合作为主的射击类网络游戏），想去玩打枪。"

言再说："哟，南姐，我们来比比啊。"

南澄妙轻蔑地斜眼："到时候输了你别哭。"

两人针尖对麦芒地并排向射击台走去。

陆两两第一次来，眼睛正在乱转，从这个区蹦到另外一个区，对每台游戏设备都觉得新鲜好奇。

一行四个人，其中还有一个穿校服的女生，站在入口处，已经引起了好几拨人的打量。

楚辞特别有神助攻的自觉，拉着祝贺就想给顾律己腾地方：“两两同学要是不清楚的话，让阿律带着你玩。除了娃娃机，他什么都玩得好。”

想到顾律己上次的娃娃机黑历史，陆两两扑哧笑出来：“行，我不让他带我玩娃娃机。”

祝贺不放心地叮嘱：“电玩城里有些乱，你要记得跟着阿律。”

陆两两点头，催他们赶紧去玩。

剩下他们两个，顾律己无视周围的视线，把陆两两虚揽在怀里，避开来来往往的人流触碰。他贴在她耳边问：“你有什么想玩的吗？”

“我以前没来过电玩城，不过我只认识娃娃机。”

顾律己沉默，当自己没问。他对自己抓娃娃的技术绝望了。

陆两两笑：“干脆你觉得好玩的都带我玩一下？”

于是，顾律己拉着她，去试了一圈疯狂赛车、太鼓达人、射击比赛……最后还有跳舞机。

跳舞机其实是个特别容易出风头的项目，只要在上面的人跳得不错，就会自动吸引过来一群人围观。

更别说，长得帅气跳得又好的顾律己了。

陆两两拿着他的羽绒服外套，坐在下面的椅子上欣赏。顾律己今天穿着一件深蓝色卫衣，下面是黑色修身牛仔裤加一双马丁靴，整个人酷得不行。

顾律己跳舞的动作干净利落，力量收放自如，舞姿刚健有力，每个节拍都像打在人心上。没一会儿，这里就聚集了一群人。他们看着他的动作，以及屏幕上的combo（连击），赞叹声一浪高过一浪。

陆两两抱紧羽绒服。她有那么一点点的虚荣，台上被大家夸赞的人，是她喜欢的顾律己。

转眼到了晚上九点半。

陆两两见时间不早了，便跟顾律己说，她要回去了。

两个人走出电玩城，街上的人影消散了许多，有些商店也已经关了门。

夜色浓重，月明星稀。一家还在营业的甜品店里，音乐已经应景地换成了陈奕迅的《圣诞结》。

陆两两停在店外的一棵圣诞树前，收了收衣领："顾律己，忘记跟你说了，圣诞快乐。"

顾律己温言道："陆两两，你还不如跟我说一声，生日快乐。"

"啊？"

"今天是我生日。"

“你的生日是圣诞节啊。”陆两两感叹，“顾律己，你一定是圣诞老人送给你父母的礼物。”

顾律己笑了一下，眼眸倒映着天上的星光，似蛊惑地望着她：“那你要不要当回圣诞老人，送给我一个圣诞礼物？”

陆两两偏着头，示意他继续往下说。

顾律己张开双臂：“你要不要给我一个拥抱。”

清冷月光下，少女颤着睫毛上前环住少年的腰，渐渐收紧手臂，耳边是一阵高过一阵的心跳。她竟分不清这一声声乱了节奏的心跳到底是谁的。

许久，她退出带着雪松香味的怀抱，强装镇定，拉着顾律己的袖口，进了身后这家甜品屋。

店内只剩下一个营业员小姐姐，正在拖地打扫准备关门。

橱窗里也只有一个孤零零的小蛋糕。

陆两两一手拉着顾律己，一手豪气地指着那个剩下的蛋糕，对营业员小姐姐说：“小姐姐，给我把这个包起来。”

营业员小姐姐没想到晚上下班前还能遇见一对高中生，她放下拖把洗完手，把蛋糕在盒子里打包好，双手递过去，看了一眼顾律己，笑着对陆两两说：“这是提拉米苏哦，它的含义是‘带我走’。”

一瞬间，这个小蛋糕变得有点烫手。

陆两两无语望天空，小姐姐，其实没必要这么贴心地说出来的。

她的哀怨让她没有了面对陌生人时的不好意思，她问营业员：“小姐姐，不知道你这里有没有细细的生日蜡烛。我买一包。”

圣诞夜晚，甜品屋一角。

陆两两捧着小小的提拉米苏，微弱的烛光闪烁在她的星眸中，她嘴角噙着笑，合着手机里的音乐，轻轻唱：“祝你生日快乐，感谢你在这里诞生。是的。世界上唯一的‘你’的奇迹。”

她很喜欢这首日文的生日祝福歌，曾经学了很多天，唱给陆初见，唱给徐女士听。现在，唱给顾律己听。

几亿几千万的人群中，也有比一瞬间还长的偶然相遇。

一直以来的我，到底记得几个人的脸和名字呢？

一起吃饭的人，诉说烦恼和梦想的人……

能在生日时说“生日快乐”是很了不起的事呢。

Chapter 10

高考前，你心里最重要的事——顾律己。

陆两两日记：

2013年12月31日

希望所有的坏运气，都到此结束。

顾律己读后感：

希望陆两两以后再也不要哭得那么伤心了。

1

离元旦晚会还有五天，顾律己这几天放学后都会去了一间音乐教室练习架子鼓，去之前还会狠揍一顿祝贺。

事情是这样的。

学校准备在12月31日晚上举办元旦晚会，要求每个班都要出一个节目。李和章收到消息，认为事情有点难办。一月底就是期末考试，同学们都忙着复习做试卷，哪里还有心思排节目。不过既然是学校强制性的要求，他还是准备争取一下。来到班里环视了一圈垂头看书的学生，他坚强地使劲动员大家劳逸结合，报名参加元旦晚会。

结果别说响应，连抬头给他一个肯定目光的人都没有。

李和章很丧气，把眼光瞄到了对期末考试没那么紧张的人身上。

这时候，祝贺趁着顾律已不在教室里，秉着“死道友不死贫道”的原则，举手给顾律已报了架子鼓。

他对知道这一噩耗的顾律已说：“阿律，相信我，我小外甥女她喜欢会打架子鼓的男生。”

顾律已还是不留情面地揍了一顿祝贺：“喜欢你小外甥女的男生不喜欢被动地报名参加。”

育德中学这次的元旦跨年晚会，邀请了很多知名校友参加，所以也就弄得特别有排面。每个节目都是经过再三审查，确定无误才可以上。

到了晚会当天，学校里张灯结彩，隔几步就能看到一个小红灯笼，在黑夜里发出优雅的光芒。学校里特地找了很多学生充当接待人员，在校园里看到陌生的成年人，就礼貌地上前去指引方向。

晚会十分钟后开始，顾律已的架子鼓节目被安排在节目单的第一位，作为调动现场气氛的开场秀。

而这时候，在学校大礼堂的后台候场的顾律已连发了三条微信给陆两两，但都石沉大海没有回复。

他抿紧唇，手指不自觉地在手机屏幕上敲打了一下，又给言再打去电话：“陆两两还没来？”

“我刚才问过李和章，他说陆两两家里有事，请假了。”

顾律已眼里的光芒有些暗淡，他的肩膀微微缩起，声音低沉：“好吧，我知道了。”

空旷的大舞台上，顾律已安静地坐在架子鼓前，聚光灯从四面八方投过来，汇聚成一个光圈，把他圈进这一小块耀眼的地方。

片刻，前奏响起，幕布被拉开，台下的观众因为这个全身晕染着银白光芒的少年而欢呼。

顾律已望着黑漆漆的台下，靠近话筒，微微开口用纯正的日语唱出第一句：“顶着耀眼的阳光，我在街头奔跑着。”

就当陆两两在这里吧，要不然这首歌该表演给谁看。

《灌篮高手》的主题曲《好想大声说爱你》。

他在知道自己要参加元旦晚会的时候，第一时间就想，要在陆两两面前唱这首歌给她听。

他穿着白色卫衣，袖口稍稍挽起，露出一截精瘦的手臂，双手握着鼓槌，带着年轻气盛与热血不羁，放肆地敲击着鼓面。

台下如潮水般的欢呼声，铺天盖地地朝他涌来，几乎将他淹没。

他们听不懂歌词，也不知道其中含义，只有顾律已将心事敲打出一段节奏，对着话筒大声唱：“我好想大声说我喜欢你，鼓起勇气踏出第一步吧，希望你能接受我这热切的思念。”

鼓声铿锵有力，像是他全部的真心。

可惜，陆两两缺席了。

表演结束后，台下的掌声久久不散。

顾律己对着观众欠身行礼后，就转身离开舞台，步履匆匆，急着奔往某个地方。

“完了，两两的情敌在今晚又得空前绝后地增长了。”观众席上，南澄妙使劲鼓掌，并为陆两两表示担忧。

楚辞不赞同：“怕什么。阿律能亲手帮两两同学把情敌全部扼杀在摇篮里。”

他们几人再三比对了各自手机里拍下来的视频，最终把不抖不卡画面位置在正中间的那份发给了顾律己。

吃瓜群众尽力了，只能帮到这里了。

电视里放着跨年晚会，相声演员的一连串念词让这个没有声息的房间里多了一丝生气。

缺席人员陆两两正在她外公的房间，一勺一勺地把煮好的火龙果喂给外公。喂一勺，就拿毛巾给外公擦一下嘴，她动作轻柔，做得一丝不苟。

徐女士在楼下厨房收拾东西，陆初见在整理他们从帝都带回来的行李。

吃了几勺，外公摇摇头，示意他已经吃饱了。长途劳累让他像一株失去阳光与水分供养的植物，正在枯黄老去。

陆两两看着并没有吃掉多少的火龙果，默默地把碗放好，再把垫在外公头下的枕头撤走一个，让他可以躺平休息。

她坐在床边，目不转睛地盯着这张已经干瘦的脸庞良久，渐渐地，眼前的画面变得模糊。她吸了吸鼻子，赶紧用衣角无声地拭去眼泪。

亲眼见到外公现在的状态，陆两两被吓到了，不，应该是惊吓。

癌症与化疗把他折磨得心力交瘁，他不再谈笑风生，不再和颜悦色，眉间残存的只有苟活下去的意念。

他面色蜡黄，两边脸颊凹陷进去，浑身似乎只剩下骨头跟一层薄薄的皮肤，连给自己洗澡的力气都没有，只能由徐女士给他擦拭全身。

陆两两刚到家，看到的就是这番场景。

外公耷拉着头，目光空洞，面容枯败，被陆初见跟徐女士搀扶着从卫生间里出来。他余光掠过房间里平白多出来的人，却没有丝毫反应。

陆两两不知道，这一刻，是病痛摧残得他更多一些，还是失去的尊严让一贯体面的他更难受。

陆两两再次回神，外公的呼吸声已经平缓，陆初见走进来，关掉电视，房间回归沉寂。

她对陆两两说："你先去休息吧。我在这里照看着。"

说完，走到床头，确认外公手上的针头没有松动，又检查了一下点滴瓶的流速，等着里面的药水见底就把针头给拔掉。

好半天，陆两两还是没动弹。

陆初见挑着眉："怎么？"

陆两两犹豫着开口："姐……"

半晌，她把那句"你说外公会好起来吗"给咽了回去。

她没必要再问出口，每个人都抱着这个期望。就算是自欺欺人，也不想被戳破。

这样子，彼此的勇气才不会消失。

陆两两蹑手蹑脚地回到自己房间，这才有时间查看手机，有好几个未接来电跟消息。

关上房门，她回拨给顾律己。

电话马上接通。

"你找我？"电话开着免提放在小茶几上，她蜷缩在沙发椅上，双手抱膝。

"你今晚怎么请假了？"

“我外公他们刚好回家了，我就请假回家了，今天全家人一起跨年。”

她的语气听起来稍微高兴了那么点，顾律己却不想说话。

从学校里出来，他已经站在她表舅家附近的河堤上吹了快一个小时的冷风。

他不死心地确认：“那你现在是在自己家喽？”

“嗯。你呢？”

顾律己背对着河面上萧瑟的风：“准备往公寓走。”

“哦。”陆两两无聊地抽出一张纸巾，把它一点一点捻成一根细细的绳。

时间在他们之间，像阵风消散。

顾律己：“你外公身体还好吗？”

“不太好。”陆两两又把细绳慢慢摊开成一张皱巴巴的纸，“他……病得有些辛苦。”

她的声音变得不自然，时而停顿，时而几近无声，没有条理，只是想到什么说什么。

“生病让人一点精神气都没有。

“可是，只要坚持住，一切都会好的吧。

“顾律己，人为什么会生病呢，生病太可怕了。”

回到公寓，顾律己主动打电话给顾仲言。

“喂，咋了，儿子，没钱了吗？”

他哪次是因为没钱才打电话的？顾律己克制着挂断电话的冲动：“你以前不是经常问我，以后想做什么吗？”

“对啊。”顾仲言说，“怎么，你迷茫了？需要向你的老父亲请教人生经验了？”

他后面问的两个问题，带着略微的幸灾乐祸。

顾律己忍住，真诚地提问：“那你说，我现在想当医生还来不来得及？”

电话那头的顾仲言，被噎住。

“你说什么胡话，老子的‘江山’还等着你继承呢！”

顾律己忍无可忍，终于挂断了电话。

2

次日，天气晴好，阳光炽烈，路边不知名的树木被照得青翠欲滴。

陆两两搀扶着外公，一步一踱地在她家后面的河道上来回溜达。

南方小镇多河流，他们家也是依河而建。

经过一夜的休整，外公的状态稍微好了一点。他脸色仍旧憔悴，但太阳晒得他稍微有了些活力。

路上也有一些老人家出来晒太阳，陆两两这时候就充当着一个发言人的作用，帮还不能发出声响的外公回应各方的问候。

走了些时候，陆两两选了一张避风口的石椅，在上面铺上自带的坐垫，扶着外公坐下来。

“天气真好啊。”外公望着天边变幻的云朵，用气声感慨。

陆两两摸着他干瘦的手，不冰，是温热的，她才放下心，问：“今天感觉怎么样？”

“出来晒晒太阳还是好的，现在觉得有了点力气。”他看着陆两两，眼神坦然，“不知道还能撑多久。”

他盯着眼前这条看了六十多年的河，陷入回忆：“我以前喜欢喝酒，一大早连饭都没开始做，就在酒盅里倒白酒，小口小口喝着。那时候你外婆总是要说我，说喝多了身体就会垮。我不耐烦听，老是跟她犟一句——死就死，大不了就是命一条。”

可如今，还是贪生怕死了。就算化疗那么痛苦，熬过去后，也依旧想活在人间。

他的笑容在阳光下几近缥缈：“你外婆那么注意养生的人，天天这不吃那不吃，怎么就走在了我前面，连你长大都没看见。”

陆两两眨着眼，眼皮开开合合，努力把汹涌的泪意逼退：“所以你养好身体，看我长大，以后看我成家立业，给你养老。”

外公似是没听见，没有再说话。

两人相对无言，谁也没有再开口说话，河水潺潺，气氛平静祥和。

空气中四处飘荡的浮尘在日光下无所遁形，冬日的暖阳晒得后背暖烘烘的，让人心生倦怠。

陆两两低着头，发现脚边多出了一道影子。

她直起腰，看清来人，问："你怎么在这里？"

顾律己压了压帽檐，以阻挡刺眼的光芒，简单说："天气好，我出来散步。"

一大早上的，坐了一个多小时的车，特地跑到陆两两家门口散步，还好，真被他碰到了。

陆两两不知道他家在哪儿，也就信了："我陪着我外公出来散步。"她对外公介绍说，"外公，这是坐我后桌的同学，顾律己。"

顾律己大大方方地打招呼："外公您好啊。"

外公看着他，笑着点点头，算作回应。

谁知顾律己丝毫不懂得见外，在外公另一边坐下。

"外公，您家陆两两在学校可认真了。学习成绩是全校前几名呢。"

他自来熟地叨叨，像是被言再附身，完全没有平时大家眼中的高冷。顾仲言要是看到他儿子这副乖巧模样，一定二话不说上前揪住顾律己的脸来验真伪。

"每天在学校里认真做试卷，人缘也很好，别人来问题目，她都耐心地告诉同学。"

外公听得脸上露出笑容，他用气声说："我家阿肆从小就乖。"

“阿肆？是陆两两的小名吗？”

“嗯。她二月二出生，二二得四，就叫阿肆了。”

小时候陆两两身体不太好，她外婆请了先生来看。说二月二龙抬头，日子大女娃娃压不住，要取一个读音很凶字义也很凶的小名，给她镇着。

他就想着，叫阿肆好了。女娃娃要放肆生长，活得肆意一些。

“阿肆，阿肆……”顾律己将这个小名来回在唇齿舌尖过了几遍，“这个小名挺可爱的。”

陆两两鼓着脸：“可爱也不给你叫。”

顾律己只当没听见，继续跟外公聊天。

一个说陆两两在学校很受欢迎，一个用气声回她在家也听话，帮着做家务。

聊了一会儿，顾律己看外公谈兴没有刚才那么高，才起身准备继续去瞎溜达。

临走前，顾律己问陆两两：“明天要上课，你知道吗？”

“哈？”她歪着头，对这消息很错愕。

顾律己：“哈什么哈。高三年级元旦只放一天假。明天就要返校开始上课。”

陆两两看了眼外公，又看了看顾律己：“我到时候跟李和章……”

她的手被握住，外公说：“别耽误学习，周末回来也一样。”

陆两两低着头：“好吧。”

学校离她家虽然只要半个小时车程，但晚自习结束，她就没有车回家，只能住表舅家，等到周末才能回来。

顾律已走后，外公慢慢驼下背脊，好似刚才那番谈话让他没有余力去支撑自己。

他看着顾律己渐行渐远的背影，对陆两两说：“这小伙子人挺好。”

“嗯，他人是不错，帮了我蛮多忙。”陆两两闲谈着，“我在学校里认识了挺多朋友。我同桌算一个，他算一个，还有祝贺，还有其他两个男生。人都很好，对我也很好。”

她挑了几件小事情，声音柔软，说给外公听。

外公时而颔首，时而轻嗯。

听完，他舒了口气：“人要在恰当的年龄做恰当的事情。遇事别着急。”

陆两两听着不明所以：“我没着急啊。”

冬天的小河，水位低浅，一眼望去就能见到铺在河底的鹅卵石。外公摊开泛黄的手掌，生命线蜿蜒至手腕，明明很长，他却也是一眼可以望到尽头。

“也许有些人着急。”

他着急着告别这个世界。

那个叫作顾律已的小朋友，着急地想要开启一个新世界。

外公的目光落在陆两两身上，慢慢失去焦距，又不像是在看她。

眼前出现一个肉嘟嘟的圆滚滚的小女孩，踉踉跄跄地从远处奔到他的跟前，扶着他的膝盖，含混不清地叫着“外公”。

她小时候一直发音不准确，到了上小学还是叫“wai nong”。有一天还从外面哭着跑回来，说别的小孩子嘲笑她不会说话。

现在，那个小女孩已经长大，长成十七岁的模样，嫩嫩生生，眉眼生花的娇俏小姑娘。

可惜，怕是看不到他的外孙女二十七岁、三十七岁的模样了。

3

元月 2 号早上，又是阴雨连绵。高三党拖着湿答答更显沉重的脚步，像是游魂一般朝教室走去。

这样子紧张的学习安排，让学校对高三学生有些愧疚。于是在高三教学楼里，随处可见许多条美其名曰振兴士气的大红色的横幅。

“不苦不累，高三无味；不拼不博，等于白活。”

“辛苦你一个，幸福你全家。”

“现在多流汗，考后少流泪。”

“闭上眼睛就睡，睁开眼睛就学。”

……

看完横幅，每个人脸上的表情就像窗外阴霾的天色，愁云惨淡，透不出半点光芒。

学校真是半点活路都不给他们留。

李和章笑嘻嘻地进来：“同学们，月底就是期末考试。题型都是大家平时做了又做的，放宽心，老师们不会出超纲题。这段时间你们就查缺补漏，考好期末考试，回家好过年哈。”

真不知道这是在帮大家减压，还是在故意施压？

全班学生对他怒目相视。

言再小声叨叨：“死猪不怕开水烫，越到考试我越浪。”嘴上这么说，手却很诚实地拿起错题集。

其实他们的成绩并不是那么渣，毕竟 7 班是次重点班，而班里实行末位淘汰制。只要成绩有下降，就会被踢到普通班去。

看到全班学生一下子又活力四射，即便这个活力主要是因为对他的怒气，李和章也很有成就。他开心地把手里的表格发下去。

表格很简单，只有一行标题在上面——高考前，我心里最重要的事。

李和章解释：“这张表格不用上交，是让你们写给自己看的。不管你们写哪三件事情，我都不会管。只希望你们每个人都可以搞清楚，什么是你现阶段认为的最重要的事情。希望你们在这接下去最紧要的半年里，为你牵挂的事情而奋斗。不要荒废时间就好。”

在学生们的议论声中，他悄然退场。

而陆两两，没有多想，提笔写下——

外公身体健康。

考上B大。

至于第三件事，她还未想到，就暂时空着好了。

天花板上的白炽灯洒下惨淡的光，外面的雨声越来越大，遮掩住班级里嗡嗡的讨论声。

老实说，这种氛围，真的很适合睡觉。

身后的两人，把那张表格随意塞进桌肚里，戴着耳机闭眼小憩。

南澄妙打着哈欠，努力找着话题跟陆两两唠嗑，避免自己也昏昏沉沉睡过去。

“上次顾律已压哨投进三分球你没看见，这次他架子鼓打得光芒四射，歌唱得扣人心弦，你也没听到。”南澄妙扼腕，“为什么每次他的‘高光时刻’，你都没在现场？”

陆两两停住手上转动着的笔：“大概，生命需要一些遗憾美。”

“那顾律已给你看他的表演视频了吗？”南澄妙忍不住想邀功，“我们几个在台下，占据了正中间的位置，严格要求自己手不抖不晃地拍下全过程，力求给你带来最美好的观影体验。”

“不好意思哦，我连视频都没看到，更不知道观影体验是好是坏了。”

这倒是出乎南澄妙的意料了：“顾律己怎么忍得住没给你看他那个超级酷炫、特别热血的架子鼓表演？”

忙活半天，正主没瞧见，她不信顾律己会这么傻。

南澄妙以后一定适合去做销售人员，陆两两被她说得对那个视频产生了浓重的好奇。

她转过身，用指尖点着顾律己的桌面，把他从浅眠中叫醒。

顾律己揉着惺忪睡眼，自觉地从兜里拿出一罐尚有余温的香蕉牛奶。

“我不是问你这个。”不过都拿出来了，陆两两顺手接过，“我今天从自己家里过来，没有带豆浆。”

为了表示自己是个公平的人，她提议：“要不明天我带两杯豆浆来给你。”

顾律己眼睛都不揉搓了：“你可千万别这么大方。”

他快喝了一学期的豆浆了，虽说已经习惯了那个味道，但也不想多喝一杯。

陆两两撕开牛奶瓶盖，灌了一口，上唇多了一道白胡子。

她舔舔嘴，问：“听说，你那天的架子鼓表演很酷炫很热血？

妙妙说我没有见证你的高光时刻。”

“听上去是不是觉得很可惜？”顾律己调侃着。

他耷拉着眼皮，缓慢又懒散地把手机拿出来，点开视频，摘下耳机塞在她耳朵里。

这段影像被后期处理过，去掉了杂音，画面更加清晰。顺便，顾律己还特别有心机地加上了中文版歌词。

视频里的他坐在光圈里，头发边缘都模糊了，眼眸里星光点点，原本就突出的五官像是被打上一层柔光，更加摄人心魄。他击打架子鼓的动作大开大合，放肆不羁，让人看得热血沸腾。

这么锐不可当的顾律己，配合日语歌和中文字幕，陆两两的心脏微微收紧。

他可真是光彩四射啊。

等到视频播放完毕，陆两两的肩膀被戳了几下。

屏幕里光芒万丈的顾律己，此时眉眼温和无害，嘴角弧度上扬。

“陆两两，这首歌原本就是想唱给你听的。

“那打个商量怎么样？

“你那张表格空着的第三个位置，能不能填我的名字啊？”

忽略该忽略的，他可以当作高考前陆两两心里最重要的事——顾律己。

4

时光似水，白驹过隙。

这个学期的最后一个月，就差夸张到说是“眨眼就过”的程度。

同学们按部就班地跟着老师进行二轮复习，课后迎接雷打不动的六科习题卷。偶尔还有老师们给加餐的针对训练题，从别的学校里拿到的模拟试卷，甚至是其他省份的往年高考强化训练题……

万一，时间还有富余，就再照着考纲，把每科笔记梳理一遍，确认是否有遗漏的地方。

陆两两以每天一支中性笔的消耗速度，将手上的试卷全部做完，还加一份她自己买的课外综合模拟卷。

刷题速度让南澄妙佩服得五体投地。

顺理成章地，陆两两期末考试的成绩向前挪动了一位，变成全校第一，压住了重点班的风头。

李和章嘚瑟之余，颇为纠结地过来提醒她，她可以选择调到重点班去了。

当初因为刚转学过来，不能直接进入重点班，现在她的成绩足以进去。

不过，陆两两没多考虑就摇头拒绝。

李和章乐见其成，也没多劝，就哼着歌走了。

南澄妙松了口气：“虽然这样子有点替你可惜，但是你不去重点班可太好了！”她忍不住扑过去给陆两两一个大大的熊抱，“我才不要跟我的大宝贝两两分开。”

虽然她的大宝贝两两觉得有点勒得慌，但还是伸手回抱住南澄妙。

“我也不想跟别人做同桌。再说，重点班跟我们班的老师是同一拨，也没必要非得进去。”

这一个学期下来，陆两两对高三（7）班有了一些归属感。

南澄妙放下心，从桌肚里拿出一瓶红棕色的指甲油，问陆两两：“涂指甲油吗？”

陆两两想都没想就摇头：“不了。我不习惯涂这个。”

“试试嘛。”南澄妙拿起她的手，“你的手很白，而且瘦瘦长长的，涂红棕色的指甲油肯定很好看。”

“不行，这个颜色太高调。”

“因为现在不检查校风校纪，我才带过来的哎！这种大好时候不涂，还要等什么时候。”

最终，南澄妙用她天才推销人员的业务水平，成功说服陆两两答应涂上指甲油。

下午，陆两两依旧埋头，跟带电粒子在复合场中的运动死磕。

顾律己伸着大长腿踢她的椅子，问她借数学试卷。

还好数学试卷是她上一张刚做完的，就放在旁边。陆两两一心二用，右手仍旧在草稿纸上列着公式，左手拿着数学试卷准备直接伸到背后，让顾律己自己拿走。

伸到一半，她突然想到什么，

许久，陆两两的左手都快抽筋了，也没见顾律己来接。

她放下笔，收回手，眉毛拧在一起，转头看向顾律己："你怎么一直不接啊，我的手都酸死了。"

顾律己扬了扬下巴："你什么时候涂的指甲油？"

陆两两见有人注意她的手指，最开始是不好意思地蜷缩了一下，然后又摊开在顾律己面前炫耀："好看吧？"

她原本的指甲是健康的肉粉色，小小的一个，加上被她经常习惯性地贴着肉剪短，显得十分可爱。

现在涂上红棕色的指甲油，衬得手指更加白皙温柔，修长好看。

"不看。"顾律己撇开头，耳朵不争气地红了起来。

撩人却不自知是最可怕的。

Chapter 11

逝者已矣，生者如斯。

陆两两日记：

2014 年 2 月 14 日

以后世上再也没人喊我阿肆了。

这真是一个沮丧到不行的事情啊。

一想起，眼泪就掉下来。

顾律己读后感：

可能那时候的外公等不及去跟外婆过情人节了。

对不起。我可能有点不严肃。

只是生老病死，我希望你能往好的方面想。

1

大年三十晚上，陆两两的外公只能卧床，一家人也就移到她外公的房间里吃年夜饭。

今年这座小城市不禁烟火，外面的鞭炮声此起彼伏，盖过了电视机里春节晚会的声音。

外公靠在床头，看着窗外的烟火说：“这样也挺不错，显得这个年特别热闹。”

他从枕头下，颤颤巍巍地摸出三个压岁红包。

第一个给陆两两，他的笑容无力却慈祥：“阿肆，你是我们家最小的孩子。要健康长大，学业进步，以后平安喜乐，顺遂一生。”

第二个递给陆初见，他干燥的双手拂过陆初见的发顶：“这个家让你辛苦了。初见，以后你多多顾着自己。永远保持乐观有趣，一直善良。”

他把最后一个红包拿给红着眼的徐女士。

“我们这边的习俗，嫁了人有自己的小孩就不给压岁钱了。可就算你现在四十多岁了，依然还是我的小孩。你啊，要好好生活，无病无灾。”

唯愿孩儿愚且鲁，无灾无难到公卿。

天边炸开一朵烟花，他笑容清浅：“新年快乐。”

饭后，徐女士收拾碗筷下楼，陆初见帮她一起端下去。

陆两两陪着外公在看小品。

笑料包袱一个接着一个抖出，让大家看得不自觉笑出声。

陆两两兜里的手机从傍晚开始就不断振动，她不看也知道，是各种群发的祝福短信，类似什么“我怕三十晚上的祝福太多，你会看不到我的问候；我怕初一早上的鞭炮太吵……”的话。

可谁知，手机一直在振动，陆两两拿出来一看，是顾律己的电话。

她瞄了眼还在看春晚的外公，走出房间，直接按下通话键。

“陆两两，新年快乐。”

“你也是，顾律己，新年快乐。”

电话那头的顾律己心情很好，声音清亮：“你在干什么？”

“陪我外公在看春晚。”

“陆两两，今晚窗外的夜景很好看，烟火也很好看。”他的声音带着点蛊惑，“你要不要到窗户边看一看？”

“我有必要提醒一下，虽然我们站在同一片蓝天下，但是顾律己，你看到的夜景绝对不是我看到的样子。”

说是这么说，她还是趿拉着拖鞋，走进隔壁房间，打开通往阳台的落地窗。

陆两两倚着阳台栏杆，向外张望。

她家这边的河堤还好，灯火通明。但是对面河堤年前在整修，这一段的路灯都停掉了，街道办事处就在河道上粘了一条灯带。

现在看来作用寥寥，那边仍旧一片漆黑，只有每户人家屋前的大红灯笼，成了点缀黑暗的唯一色彩。

陆两两恨不得发一个视频过去，让顾律己看看她这里的夜色。

“顾律己，我跟你说……”

但是顾律己并不想听她说，顾律己径直问：“你站在窗前吗？”

“嗯。正对着河面。”陆两两乖乖回答。

“为了庆祝我们一学期的前后桌情谊，”他似乎被自己随口胡诌的这个理由给逗乐，压了压笑，“我请你看烟花。”

没等她将疑惑问出口，刹那间，河堤对面有二十多个光点相继袅袅升空，在漆黑如墨的天际迸射开出不同样子的烟花。随后，一朵消散，一朵绽放，这方被钢筋水泥围成的四角天地就这样被绚烂夺目的烟花填充着。

仿佛永远不会落幕，仿佛沉重的夜晚都被染成五光十色。

垂下来的火花，在夜幕中划出一道道光线，陆两两在变幻的颜色里，找到了站在对面河堤上的一个颀长消瘦的身影。

流淌的河水倒映着天空，像是满天星河裂开，跌落在河底。

她与他隔河相望。

明知道对方看不见她的神情，陆两两依旧下意识地错开目光，看向别处。

许久，世界归于平静。

少年如泉涧般的嗓音，低低地响起：“陆两两，你这么聪明，一定知道我喜欢你吧？”

仿佛又有一朵烟花，在耳边绽放。

陆两两咽了咽口水。是啊，她知道，但是心脏仍然不听话地跳动，让她一时之间找不到声音。

河对面亮起微弱却耀眼的冷火花，被人操纵着迅速地在黑暗里写下“I ❤ U”。

陆两两稳了稳心神，才开口：“我知道。”

少女的心事繁杂，像极了被她揉皱的衣角。

顾律己目光灼灼，冷烟火在他手上熄灭，他遥望着河对岸的少女，反问：“那你呢？”

“顾律己，你这么聪明，一定也知道答案吧？”

他当然知道。

长月当空，树影叠嶂，身后是居民区里传出来的欢声笑语。

顾律己手中的打火机被他反复地打开盖子又合上，再开又关。

他缓和声音：“那陆两两，你能跟我在一起吗？”

“顾律己。”扔进角落的记忆忽然被陆两两拾起，她那时候的抱怨言犹在耳。

陆两两咳了咳清了清嗓子：“国庆游园会那晚，你打电话跟我玩大冒险。我就许过愿，祝你以后告白一定不成功。”

她好不容易找到一个委婉拒绝的说辞，心情不由得轻松起来，眼睛眯成一道弯月：“不好意思啊。我许下的愿，我来帮你实现。”

坐在卡车副驾上的言再，跷着腿跟队友打完一局游戏了，才想起来，现在似乎离烟花放完已经过去了好长一段时间。

他赶紧下车，打着手电筒，在河堤上寻找顾律己的身影。

冷夜如霜，他看见河堤护栏上，坐着一座风化已久的“雕塑”。

地上伫立着许多烟火底座，他小心避开，来到雕塑旁边开口询问：“阿律，你在这里发什么呆？别人喝酒上头，你放烟花上头？”

他举高手电筒，刺眼的光照得顾律己扭头避开，雕塑变回了活人。

言再直截了当：“不开心啊，脸拉得这么长？”

“告白失败了，你说开不开心。”

言再一脸难以置信：“陆两两可真牛啊！”

说完，他冷静下来，质问着：“你之前不是说不表白吗，说两两同学成大事者不谈恋爱。”

顾律己轻轻吐出：“克制不住。”

克制不住地喜欢她，克制不住地想表白，克制不住地拥有一点侥幸心理。

明知道会被拒绝也想让她确认自己喜欢她的心意，也想着万一有那么一点点机会，她也许就能答应他。

对于告白失败这个结果，顾律己很平静地接受了。

平静到回到顾家别墅，顾仲言跟孙遇看到从外面回来的顾律己，都察觉不出他们儿子有半点异常。尽管陆两两拒绝得很委婉很容易让人接受，但是后知后觉的少年骄傲，还是让他有点拉不下面子。

临睡前，顾律己点开跟陆两两的微信聊天界面发誓，要是陆两两不先发消息过来，他绝对不会主动去找陆两两说话。

他按灭手机屏幕，盖好被子准备睡觉。

但是吧，顾律己翻了个身。他单方面做出这个决定有点不公平，陆两两根本都不知道这件事情。

至少要给她创造一点可以对话的前提条件吧。

第二天早上，顾律己挑了一个大家都起床了的时间点，发了他唯一一条朋友圈。

“去英国，失联半个月。开学见。”

没过三分钟，下面就有一堆人的回复——

言再：去英国没关系，但是请你回答一下，是失联半个月，还是失恋半个月？我怕你打错字。

楚辞：到时候人回来就好，不要把秃头基因带回来。

祝贺：你等等，我去找找有什么可以代购的。

顾律己盯着朋友圈，刷新了一整天，还是不见有新消息进来。

“陆两两，你狠。”

他生气地扔掉手机，闷着被子睡觉了。

次日早上，顾仲言望着刚睡醒下来吃早餐的顾律己。

“我后天出差，孔秘书正在帮我订机票。你准备什么时候去英国，我让他顺便帮你一起订。”

顾律己打了个哈欠：“不去。”

顾仲言放下手里的报纸：“你朋友圈里可不是这么说的。”

“我说着玩的。”

2

正月初七，顾律已单方面地跟陆两两失联的第六天，高三返校，开始最后一学期的课程。

对于提前结束假期这件事情，高三学生们已经接受得无怨无悔了。

陆两两坐在位置上，被南澄妙拉着手，事无巨细地分享着她的假期故事。

陆两两听得有些恍惚，渐渐地，南澄妙说的每个字都飘不进她的耳朵里。

因为，她的全部心神都被后面的动静所占据。

身后的空座，椅子被拉开，有人坐了下来，接着椅子被人往前带了一下，似乎有个呼吸离她很近很近。

他们之间已经六天没有说过话了。

这个时间说长不长，说短不短，但足够让她觉得尴尬，不知道要如何打破这个僵局。

陆两两在脑海里模拟过无数次这样子的场景，可她连到底该不该回头跟顾律已说话都不确定。

是她先拒绝的，为什么又要先说话，这是不是算欲擒故纵？

要是她递话给顾律己，那顾律己要是不搭理怎么办？

总之方方面面的问题，她都考虑到了，越想越不知道该不该开这个口。

陆两两缩着脑袋，暗自埋怨顾律己为什么要捅破那层纸。

她以前也拒绝过别人的表白，但从来不用考虑在拒绝别人之后，怎么继续跟他做朋友。

而顾律己，她不想失去顾律己这个朋友。

陆两两曾经跟南澄妙说过，她有个毛病，被有好感的人表白之后，就会不喜欢他。

结果她发现，这个毛病不适用于顾律己。

她现在仍然还会因为那个仙女棒描绘出来的场面，心跳剧烈起伏，久久不能平息。

忽然，脸颊边多出一个不属于她自己的温度，陆两两下意识远离。她定睛一看，是一瓶不冷不热的草莓牛奶。

顾律己伏在桌子上，对上她的视线："喏，给你的牛奶。"

他实在是怕了陆两两不跟他说话。

陆两两愣怔了片刻，似乎不敢相信，让她纠结了好几天的问题，就被这一瓶草莓牛奶给解决了？

她特别感谢上学期，明智地跟顾律己交换豆浆牛奶的自己。

顿时，脑海里天光乍破，云歇雨住，压在她心口的巨石被轻巧地搬开。

陆两两露出笑容，开心地接过牛奶。

顾律已点点她的脑袋："陆两两，你就是仗着我喜欢你是吧？"

他无可奈何的语气，让陆两两的心也变得跟草莓牛奶一样甜。

是啊，谁让先说喜欢的人吃亏呢。

3

元宵节前一天，学校终于良心发现，宣布明天高三可以放一整天假。

同学们把这条消息的每个字都掰碎了重新理解一遍，发现没有文字陷阱，明天真的可以回家过节，顿时情绪沸腾得想要掀翻屋顶。

言再一顿鬼哭狼嚎，问顾律已："晚上去哪儿玩？明天去哪儿玩？"

顾律已不耐烦地说："你怎么满脑子都是玩，自己一边玩儿去。"

"好不容易放假，当然是要从繁忙的学业中脱离出来放松一天！"

顾律已嗤笑："你摸着良心问，你学业忙不忙？"

言再不服，扭身去问南澄妙跟陆两两：“你们有什么安排？”

顾律己拿着支笔在纸上乱涂乱画，等着陆两两的回答。

明天正好也是情人节，虽然大家都是单身狗，但单身狗们还是可以凑对出来玩一下。

南澄妙言简意赅：“回家。”

陆两两一边收拾书包一边说：“我有事。”

她不愿意多说，言再就悻悻地坐回去没有再问。

顾律己看不起这个连话都问不出的猪队友。

陆两两是真的有事。

陆初见在过了初十，就回帝都跟她的导师报到了。

天气湿冷，尽管徐女士已经照顾得很细心，但她外公还是得了小感冒，病情一下子严重起来。徐女士赶紧把人送到市立医院里面随时观察。

平时陆两两上课，徐女士不让她在医院多待，怕影响她学习。

所以，好不容易有假期的陆两两打算今晚在医院里帮徐女士一起照顾外公。

凌晨四点，医院里安静得银针落地可闻，空气里弥漫着常年不散的消毒水味。

晚上医院里只能留一个家属陪床，好几天没睡过一个囫囵觉的徐女士就被陆两两强制性赶去附近的表舅家休息。

她则坐在陪护的行军床上，靠着墙壁，强撑着眼皮，没有睡过去。

外公躺在病床上，手上挂着点滴，合着眼陷入沉睡，不时地因为胃痛发出一声声无意识的呻吟。他的脸色蜡黄干瘪，眼下有一圈青黛色的阴影。

“陆两两，你睡着了吗？”耳机里的键盘声噼里啪啦，顾律已突然开口问了一句。

陆两两不想开口，下意识地摇头。等反应过来这个动作顾律已看不到，她才小小地说了一声：“没有。”

说完这句话，她脑子没有那么混沌了，抬头望着悬在头顶上方的点滴瓶，里面还有一点点药水。

她皱了皱鼻子对顾律已说：“我现在发现，需要钢铁般的意识力，才能熬一个通宵。”

她外公一晚上要挂五瓶水，陪护家属得时刻注意输液状态。

天真的陆两两觉得这事情很简单，刷刷题，听听英语，再换一下药水瓶，晚上的时间就这么过去了。

结果，她深刻体会到了什么叫“长夜漫漫”。

深夜一点多，就熬不住想睡觉，她使劲拧着自己的大腿，疼痛让她保持着最后一丝清醒。

陆两两揉着大腿肉，发微信给南澄妙抱怨：“熬夜为何如此艰难？”

下一秒，顾律已的头像在她屏幕上闪烁。

她才发现，微信发错人了。

顾律已说要通宵打游戏，正好可以监督陆两两保持清醒。

于是，他们的语音电话就打到了现在。

陆两两站起身，伸了一个懒腰，把点滴的引流管插进另一瓶药水里，调整了流速。

“你还不睡吗？”

她不是很理解顾律已，明明可以睡觉，为什么放着不睡。

“陪你啊。”顾律已说得自然，“现在已经是 2 月 14 日了。”

虽然没有见面，但也算是跟陆两两一起过了情人节。

陆两两努力过滤掉这句话：“挂完这瓶水，我就可以叫护士姐姐来拔针了。”

“那两两同学再接再厉。”顿了会儿，他问，“明天你要做什么，有时间出来吗？”

“睡觉吧。我觉得我能睡一天一夜。”

可是，天亮后，她再也没有心思想睡觉了。

早上七点，外公就催着陆两两回去：“医院里小孩子待久了不好，你赶紧回去睡觉。”

恰好，徐女士回到医院，换陆两两回表舅家吃早餐。

临出门前，陆两两听到徐女士问她外公，昨晚睡得好不好。

她外公扯开一个笑，对徐女士说：“我昨天梦到你妈了，她说她在那边过得很好。”

陆两两看到他放松的神色，也很开心，外公今天的状态挺好。

走在路上，她发了一条语音：“感谢你昨晚陪我熬夜啊，顾律己。”

然而，没等陆两两换上衣服，准备睡觉，她就接到了徐女士的电话。

徐女士颤抖着说：“两两你快来，你外公快……”

后面的话，她说不下去，陆两两愣在原地再也听不进任何声音。

陆两两胡乱地抓起钥匙，茫然地往医院里跑。北风裹着利刃迎面刮来，一道道往她心里割。

病房里是徐女士呼天抢地的痛哭声，医生们围着病床上的外公在急救，门口还有不断疾步往里冲的手里拿着各种仪器药物的护士。

陆两两被隔离在人群之外，呆呆地看着里面兵荒马乱的场面。

她跑岔了气，身体里有一处地方抽得生疼，她却觉得就应该是这样子，就应该要疼得刻骨铭心。

良久，不断有医生慢慢撤出来。

他们摇着头，宣告着病人已经无力挽救的消息。

徐女士扑在外公身上，抱着他嘶哑着嗓子哀求：“爸，你看看我呀。爸，你别走。”

她的声音仓皇绝望，像是无人照看的小孩子，不知疲倦地恸哭来呼喊父母。

陆两两踉跄着来到病床前，她双腿无力地跪倒在地，手却死死地握住外公还温热的手，像是要把他最后一点生命给留住。

眼泪大滴大滴地往下落，可是，喉咙像是被锁住一般，怎么也发泄不出身体里的悲鸣。

陆两两努力睁大双眼，想看清楚外公的模样。

手里的温度慢慢在消散，她的心里泛起一阵巨大的恐慌与绝望。

她呼吸不过来，极力大口地换气，努力摩挲着掌心那只已经油尽灯枯的手，想要增加一点点热量。

她沙哑地哭号着：“你别走。”

求求你，不要离开我们。

陆两两始终不相信她的外公去世了。

停灵第一天，她守在外公身边，忽然听到一声清晰的“阿肆”。

她霍然起身，问一起守灵的陆初见：“你听到声音了吗？”

“什么？”陆初见红着眼问。

“外公刚才在叫我，我很清楚地听到了。”陆两两信誓旦旦，“特别清楚，就像在我耳边喊的一样，真的。”

她极力地想要证明，这声呼唤不是她臆想出来的。

“姐，是不是外公只是睡着了。我们会不会弄错了。”

陆初见已经哭了出来。

陆两两却没管，她提议：“我们要不要揭开布看一看？万一呢？”

陆初见点头，拼命地点头。

她们两人避开其他人的视线，轻轻地掀起白布的一角。

外公安详地睡着，睡得很沉。

陆两两探出手，在外公的鼻间停留了一会儿，再一会儿……

直到，她的眼泪掉落。

原来，真的已经醒不过来了呀。

4

逝者已矣，生者如斯。

陆两两请了一周的假，把外公送出殡后，她整理好心情，继续淹没在题海里。

平时该笑就笑，该哭就哭，也没有太多的悲伤。

除了，多出一个习惯。

学校召开完百日誓师大会后，陆两两又溜到高三教学楼的楼顶上盘腿坐下。

正值黄昏，天气晴朗，大片大片的天空被烧得通红。地上的人像极了退潮时候的海水，慢慢消失在校门口。

陆两两双手托腮，眺望着远处那些郁郁葱葱的山丘。

南方小镇的山并不高大，连绵起伏得温柔舒缓。冬日里，即便有一些品种的树木落叶枯黄，整座山看上去依然生机勃勃。

陆两两目光落到一处山腰上，那里有座墓穴，以前里面睡着她的外婆，现在也躺着她的外公。

陆两两外婆走的时候，她才小学毕业。那时候她年纪尚小，连悲伤都没有那么深刻。

所以，她对生老病死的最直观的感受，是目睹着外公从健康到孱弱，再到溘然长逝。

天台上多了一道脚步声，有身影盘膝坐在她身侧。

陆两两看了眼来人，指着山上的凉亭，对他说：“你看那座山，看见那边山腰上的凉亭了吗？”

顾律已也记起以前，接下她的话：“那块地是你家的，凉亭也是你家建的。”

他眼底浮起带着回忆的笑，刚认识的时候，陆两两就这么对他说过。

“以前每天看那个地方,你就误认为我喜欢你。”陆两两嘟着嘴。

顾律已用手指弹了一下她鼓起的腮帮子，气鼓鼓的青蛙瞬间失去气势。

他把锅甩在言再身上：“是言再说，转校生无时无刻不盯着我看，一定是看上我了。你也知道，言再是个大嘴巴，只要他知道的事情，基本就约等于全校都知道了。”

“其实，那片地是我外公家的祖地，那里有我外公的墓。”陆两两看着他，故意欣赏他这一秒的窘迫，追问着，“你还记得你说过什么吗？”

顾律已不想记得。

陆两两凑近，吐气如兰：“你说，有机会让我邀请你去那座凉亭玩。”

顾律已冷冷地看着她，沉声提醒：“陆两两，我上来是想安慰你的。”

“可我不伤心了啊。”陆两两狡辩，“所以我决定我们换个话题，回忆从前，增加同学情谊啊。”

“那你自己慢慢回忆，我先走了。”顾律已起身就准备走。

陆两两见好就收，赶紧拉住他：“好了好了，我错了。”

借着顾律已的力气，她站起来，结束了插科打诨的玩笑，语气淡淡：“最悲伤的时候都过去了。你们不要担心我啦。”

陆两两想起葬礼那天，她无意听到徐女士对一个长辈说：“以后我就是无父无母的孤儿了。”

从小生活在徐女士的羽翼之下，她几乎认定徐女士坚强得刀枪不入，能保护她免于风雨。

可她忘记了，徐女士也是有父母疼爱保护的女儿。

她竟从来没有考虑过，失去父亲的徐女士到底有多难过。

从那一刻开始，陆两两就决定，不能放任自己一味悲伤。

她要保护徐女士。

她在笑，可像是在哭。

顾律已向陆两两走近一步，长臂一捞，将她抱进怀里：“你可以不用太坚强，但是也不要太伤心。我们都希望你能好的。”

落日斜晖下，两个身影相互依偎。

教导主任站在楼下，刚好看到这一幕，叉着腰运气大喝：“楼上的那两人，你们给我放开！哪个班的！”

两个人赶紧分开，顾律已拉着陆两两往楼下跑。

走前，顾律已不忘朝楼下挑衅：“老师，你抓不到我们！”

天地良心，他刚刚真的是在关爱同学。

5

日子一天天过去。

周一，南澄妙又想搞事，给枯燥的高三生活增加点调剂。

然而，这点小趣味犹如一颗惊天大雷，在高三（7）班爆发，余波正在往四面八方辐射至整个校园。

陆两两总感觉今天的南澄妙有些不对劲，至于哪里不对劲，她说不出来。

正准备开口问，南澄妙就摘下了帽子。

一瞬间，班级里安静如鸡。

言再指着她光滑圆润的脑袋："你你你……"他连续说了三个"你"，才开口说出完整的话来，"你干吗剃了一个光头！"

南澄妙答非所问："啊呀，脱掉帽子，我的脑袋居然有点冷哎。"

"废话好不好！你的脑袋正在裸奔！"言再说，"你这都已经替你的头皮脱掉了毛衣了，还是长绒毛衣。"

陆两两被这个说法逗得笑趴在桌上一抽一抽的。她捂着肚子，生怕笑得换不上气。

楚辞跑过来："这是哪家的师太来化缘啊，高三都把你逼到这份上了？"

"明天微博头条就是'某学校高三女生压力太大，头发一夜掉光。青少年脱发问题或成当今社会的一大难题'。"祝贺也忍不住调侃。

南澄妙翻了一个大白眼："至于这么惊讶吗？"

"很至于。"

陆两两克制住笑，终于找回了正常的声音："你怎么想不开去剃光头了啊。"

"不是。"南澄妙淡定地解释事情经过，"昨天去剪头，然后理发师给搞砸了。结果换了店长来帮我修，可是我的头发已经剪得太短，店长没有发挥的余地了。"

南澄妙深谙讲故事之道，把大家的好奇心提到顶点，才往下说："我就想起我的偶像生物老师。为了用实际行动证明我对生物老师的仰慕，我就跟店长说，要剃一个光头。"

她很得意："店长以为我气得脑子发晕，确认了很多次才给我剃了头，最后还没收我钱。"

言再感慨："你南姐还是你南姐。"

楚辞说："追星少女真是可怕，什么事都做得出。"

陆两两看着她白花花的头皮，不禁关心："你要不戴上帽子吧。我怕你十七年都没有暴露过的头皮会害羞。"

"我这不是要显摆一下吗！我不允许我剪光头的这件事情没人知道！"南澄妙笑嘻嘻，重新戴上了帽子。

所有人都沉默了。

不用一节课的时间，南澄妙跟她的光头就被全校皆知了。

其他班的人趁着课间都组团来围观，南澄妙很大方地拿掉帽子，让大家看清楚一个光头女孩的正脸。

言再说："真想在门口办个收费站，看南澄妙一眼就收五块钱。"

南澄妙鼓励他："我允许你去办，你出力我出人，收到钱我们五五分。"

言再这个行动上的矮人，一下子偃旗息鼓。

来欣赏光头的同学纷纷打听，为什么一个妙龄少女要剃光头？

于是，在口口相传中，南澄妙跟偶像剪了一个同款发型的消息越传越远。

生物课，缺德哥一进来，就受到了万众瞩目。

他定了定心神，站在讲台上，跟同为光头的南澄妙四目相望。

两颗光头的历史性会面，让全班都笑出了声。有的同学不禁拿出手机，记录下这一幕值得流传下去的画面。

缺德哥摸了摸脑袋，问南澄妙："听说你是因为要跟我剪同款发型才剃的光头？"

南澄妙觉得这个说法过于四舍五入了，但掐头去尾地来看也没什么问题，就点点头。

缺德哥很奇怪："那我的生物成绩很好，你为什么不跟我搞一个同款的成绩单？"

这句话就戳心了。

南澄妙捂着心口："老师，我也想啊。我上课认真听，下课做试卷，可还是做不到呀！"

她威胁着："老师，你对你的粉丝这么残忍，小心我脱粉！"

生物老师摆摆手，表示不稀罕她这个粉丝。

顾律已碰碰陆两两的胳臂。

"怎么？"陆两两问。

"陆两两，你怎么不近朱者赤，跟你同桌学学呢？"

陆两两摸不着头脑："学什么？剃光头？"

顾律已泄气地趴在桌子上，不想讲话。

第二天，顾律已老老实实地穿上了校服，又让高三（7）班吃了一惊。

言再把顾律已上上下下打量仔细，匪夷所思地问："你们最近干吗组团吓人啊？有什么活动吗，通知我一声啊。"

育德中学的校服不太好看，顾律已除了周一早会那天，其他时间都没穿过校服。

现在冬季天冷，学校也没有强制性让学生穿校服。

结果，这位哥一反常态，反而穿上了。

请问这是叛逆吗？

“没有，只是突然想穿。”

顾律已看着前面同样穿着肥大冬季校服的陆两两。

南澄妙回过头，一语中的：“我都能跟我偶像找同款发型，你就不能让顾律已找个同款衣服啊。”

言再“啧”了一下：“怪不得，你们现在看上去和谐了很多，像是根正苗红的前后桌了。”

他摸了摸下巴，总结：“配套。”

Chapter 12

请问你能接受异地恋吗？异国恋考不考虑？

陆两两日记：

2014 年 3 月 2 日

十七岁生日，很开心。以及，顾律己真幼稚。

顾律己读后感：

拒绝后半句。

以及，二十五岁生日快乐，顾夫人。

1

陆两两今年的生日正好是周日，南澄妙原本很开心，跟言再他们计划着要从周六晚上通宵到天明，帮陆两两好好度过十七岁生日。

然而，这种想法根本不存在的。

周日下午要返校，周一周二就是一模考试。

高三，这两个自带威严的字眼，根本不容许任何人放松脑筋里的那根弦。

在连续画掉“去 KTV 唱歌”“去电玩城打电动”“去游乐园玩项目”……的方案后，最终大家一致决定在学生公寓里面吃饭、聊天、做题、打游戏。

周六上完课，陆两两跟南澄妙就被顾律己他们偷渡到学生公寓 5 楼的一间空房间里。

这个房间特意没有租出去，里面只放了几张沙发、一个茶几、一台冰箱，另外一边摆着拼在一起的四张电脑桌，上面有五台台式电脑跟几台笔记本。

顾律己平静地介绍说：“这个房间算是我们的活动室。”

这个说法已经很好听了，说白了，就是他们的私人小网吧。

去外面网吧通宵容易被老师们逮住，所以他们偷偷地在公寓里组建了一个电子活动室，专门用来玩游戏。

陆两两忍不住竖起大拇指：“试问，整个育德中学还有谁能比你们更牛？”

顾律己开起玩笑：“要不然呢，你以为校霸是随随便便就能当上的吗？”

“说你胖，你还喘上了。”陆两两隔空指了指光着头的南澄妙，“我南姐后来居上了。”

看到光着头的南澄妙，顾律己服气地闭嘴。没办法，这位姐姐最近相当“社会”。

他轻轻地弹了一下陆两两的脑门，看不惯她对别人的狗腿样子。

顾律已先把蛋糕放进冰箱，等着晚上十二点钟再拿出来。

楚辞则拿出刚从超市里买的饮料，清一色全是水溶C100。

“干吗？最近你偶像代言水溶C吗？”言再皱眉，“盖子还都被拧开了。”

他学着戏文里的唱腔：“刁德一，你有什么鬼心肠？”

楚辞得意地伸出一根手指，左右摇了两下：“是免费的。”

祝贺开口帮他解释：“楚辞本来拿了一瓶水溶C100准备自己喝，打开盖子发现有‘再来一瓶’的字样，然后就跟老板兑换，又在货架上拿了一瓶，结果又中了一瓶。就这么连续开了六瓶出来。”

众人都在感慨楚辞的好运气。

楚辞把右手举高过头，对着房子里根本不存在的万千观众鞠躬：“谢谢，谢谢，我会再接再厉，下次开出更多的‘再来一瓶’。”

给点阳光就灿烂，大家集体忽视他，把外卖盒子摆在茶几上，围坐一堆，边吃晚饭边随意聊着天。

话题种类繁杂跳跃，从“高一有个小学妹是坐着轮椅的，平时出行不方便，学校为了她特地把她的班级调到一楼”到“学校里的那个男老师，所有人以为他油光可鉴的头发是抹了发胶，最近才发现其实他是一直没有洗头发”，再到“学校外面那家新开的奶茶店，原以为老板是个帅气小哥哥，其实她是小姐姐”。

聊完一堆有的没的，楚辞把话题转到他们自己身上：“你们大学准备去哪里读啊？”

祝贺：“就省内吧。我家生意全在省内，在省内读大学，可以为以后积攒人脉。”

“哦哟，考虑得很长远啊。”楚辞打趣着，“我也留省内，到时候我们可以一起报学校。”

言再说：“我到时候再看，反正省内省外对我来说没区别。”

他问南澄妙：“南姐，你呢？”

“反正不是省内。”她说，“我要走得远一点，要么西北，要么东北。”

“为什么？”

“在南方待够了。”

南澄妙剃完光头之后，是真的“刚”。

陆两两伸手摸了摸南澄妙的光头，言再也想学着摸一下，被南澄妙用狠厉的眼神给制止了。

陆两两笑：“我要考 B 大。”

她的声音轻缓，语气却很坚定。

楚辞他们放下筷子鼓起掌：“两两同学，你就是我们全班的希望。”

次重点班的同学能考上重点大学，但是国内 Top10 的，就有点艰难。

所以当初陆两两选择留在 7 班，李和章笑得合不拢嘴。

言再瞅着没说话的顾律己：“这么一看，我律哥才是走得最远的那个，他是要去英国的男人。”

陆两两的心抖了一下，低头用筷子一颗一颗地夹着米粒。

顾律己抬起眼皮：“不是。”

“什么不是？”

顾律己说：“大学前两年准备待在国内。”

“上次你可不是这么说的，什么时候改变主意了？”

顾律己瞄向埋头吃饭的陆两两：“临时。”

他的人生早就被安排好，出国读管理，毕业归来就进公司实习。

但是，他没想到会出现陆两两，把所有轨迹都打乱。

顾律己低声问陆两两：“请问你能接受异地恋吗？异国恋考不考虑？”

2

饭后，在准寿星陆两两的带领下，大家安静地写了三个小时的试卷。

言再为他能在周末休息的时候还孜孜不倦地做作业，感动得涕泗横流。

做完试卷，电视剧《少年包青天》就被安排上了。

南澄妙怀疑他们的别有用心，警告着说：“我先告诉你们，电视剧里什么跟女生在一起就要看恐怖片，这些都是骗人的。”

楚辞不以为意地随口爆料：“哪能啊。我们律哥最近在追这部剧呢。”

说起来，顾律己是“真·电视儿童”。

不过还是有那么一点点想法，通过恐怖片来增进感情的。

陆两两对于一切恐怖片都抱着，既期待又害怕的矛盾感情。

此时，她端坐在沙发中间，双手捂脸，十指张开微微留出一些缝隙，看到不敢看的画面就赶紧并拢指节。反反复复，连这段案件的剧情都没看齐全，但她仍然一副津津有味的模样。

顾律己被她这样子一惊一乍却沉浸其中的表现所吸引，看着想偷瞄但又不敢的她，他的眉眼间露出了些温和笑意。

电视里的情节到了关键点，为了烘托气氛，背景音乐也变得阴森恐怖。

陆两两闭着眼睛，双手挡在面前，她侧过身，头顶着顾律己的肩膀。

忽然，她的耳朵被干燥的掌心捂住。

陆两两下意识地抬头。

暖黄的灯光自天花板流泻下来，细细碎碎地落在他的发间。他深邃的眼眸里蕴着笑，仿佛天上闪烁的星星倒映在其中。

陆两两看得愣神，闭眼时想象的牛鬼蛇神全都退散，只有顾律己占据了她全部的大脑细胞。

他的唇瓣微动，悄无声息："陆两两，你真可爱。"

拜昨天的《少年包青天》所赐，陆两两在梦里躲了一晚上的干尸。

天刚破晓，她就醒了，摸着手机，她编辑了一条微信发给顾律己。

"你看完《少年包青天》，都没什么后遗症的吗？"

谁知，微信被秒回："吓到了？"

"没有。"陆两两嘴硬，"你这么早就醒了？"

"因为要回你的微信啊。"他把所有人都设置了消息免打扰，唯独除了陆两两。

"那你继续睡吧。我要回去了。"

"在门口等下我。"

陆两两轻手轻脚地洗漱完，离开南澄妙的宿舍。

三月初的清晨，春寒料峭。顾律己双手插兜，站在晨雾里。

陆两两上前："你怎么出来了？"

顾律己拿出一张提书券："给你的生日礼物。"他说，"送你回家之前，我们先去一趟新华书店。”

“你……送的礼物该不会是……”

顾律已笑得放肆：“一堆高三复习资料，开心吗？”

陆两两已经不知道该用什么表情来面对。

回到家，徐女士给陆两两煮了一碗长寿面。

看到陆两两怀里抱着的一堆书，她诧异：“你一大早就去买书？”

“不是。”陆两两满头黑线，“我同学送我的生日礼物。”

“……”

徐女士笑出声：“你这个同学人真好啊。”

陆两两拿出手机发微信给顾律已：“徐女士刚刚夸你了。”

重新准备入睡的顾律已看到消息，微微一笑：“帮我转达一下，徐女士眼光真好。”

3

时光在接踵而至的三次模拟考中飞速流逝，高考倒计时牌子上的数字在不断变小。

当高三学生拍完毕业照时，他们才发觉，时间已经进入 6 月。

高三教学楼里的横幅已经被撤下，校方千方百计地疏解准考生们的紧张情绪，经常请心理老师来讲课，顺便还做了次职业规划。

晚自习，班里的每扇窗户都敞开着，夜风沁凉，带走白日遗留下来的燥热与沉闷。

陆两两转着笔，在脑海里演算着数学试卷上最后一道大题的步骤。

兜里的手机振动一声，陆两两搁下笔，点开查看。

顾律己：你出来，站在走廊上，小广场里有东西给你看。

她转身回望，果然，顾律己的座位上没人，连带着言再、楚辞跟祝贺都不在位置上。

忽然，窗外传来言再的声音："南姐，你出来！你这辈子最好的后桌想跟你说，你做自己的样子特别帅！"

教室里开始躁动，南澄妙下意识地问陆两两："怎么回事啊？"

"估计是他们给的惊喜。"

两个人一起出去趴在走廊栏杆上，向下俯视。

其他同学陆续跟着出来，对面的高二学生也开始向外张望。

言再吼完那一句，被顾律己赶到了小广场的角落里缩着。而顾律己自己站在小广场的中心位置，手上已经点燃一盏孔明灯。

察觉到陆两两出来，他放飞手上的灯，仰着头大声对她说："陆两两，祝你考上心仪的学校。"

余光中，她身边的位置被慢慢填满，越来越多的人出现在了走廊上。

陆两两紧紧握着栏杆，用力到指节都泛白，她安静地站在人群里，定定地看着站在楼下的顾律己。

紧接着，顾律己又放飞第二盏孔明灯：“陆两两，祝你得偿所愿，心想事成！”

同学里面陆续有好事的男生尖声叫着：

“顾律己真牛！”

“顾律己你好帅！”

陆两两甚至听到有人在问，顾律己是不是在对陆两两表白啊？

第三盏孔明灯相继被放飞，灯光明灭间，顾律己说：“陆两两，祝你往后人生绮丽，无风无雨。”

孔明灯缓缓上升，正好飘到她面前，灯面上面的字清晰得一览无遗。

所有人都按捺住自己激荡的情绪，空出片刻的安静，留给陆两两。

陆两两踮着脚，高声说：“顾律己，高考加油，祝你以后万事顺遂，喜乐安康。”

她的声音带着些激动的哽咽。

顾律己这拨考前送温暖告一段落，楚辞才开始喊楼。他对着已经挤得密密麻麻的高三教学楼喊着：“同学们，高考加油！”

一盏两盏三盏……越来越多的孔明灯升到空中。

学生挤满了校园的每个角落，看得热血沸腾。少年们的率性让他们自动加入这场呐喊中。

“高考，我们能做到的！社会主义接班人绝不认输！”

“我要考重点大学！加油！”

“学长学姐们！高考加油啊！”

“你们一定要考出最好的成绩！”

“学长学姐们，你们辛苦啦！”

“明年你们就高三了，一起加油吧！”

“高考加油，高考必胜！”

……

越来越多的人加入喊楼中，最后，也不知道是谁开了个头，所有人的声音慢慢汇聚，共同唱着《追梦赤子心》。

向前跑，迎着冷眼和嘲笑。

生命的广阔不历经磨难怎能感到？

命运它无法让我们跪地求饶，

就算鲜血洒满了怀抱。

继续跑，带着赤子的骄傲。

生命的闪耀不坚持到底怎能看到？

与其苟延残喘不如纵情燃烧，

为了心中的美好，不妥协直到变老。

4

晚上放学。

学校门口，蝉鸣不绝于耳，葱郁的树木经路灯照耀，在地面投下斑驳的树荫。

顾律己拉住陆两两的衣领，拿出两个差不多的本子给她：“第一本是送你的同学录，你带回家去收藏着，不准给别人用；第二本是我自己的同学录，你就写在第一页上。明天给我。”

“同学录”这三个字过时得不配从顾律己嘴里说出来。

现在这年头，难道不是靠微信朋友圈解决一切的吗?

陆两两的嘴角抽了抽：“真的是同学录？你从淘宝上买到的吧？”

谁家文具店里还能卖这种像是20世纪生产的东西。

她忍不住又说：“全淘宝只有你买的店有成交记录吧？这两本的生产日期该不会是在十年前吧？”

顾律己伸手捂住她喋喋不休的嘴巴，眼里不见一丝烦躁。

他挑着眉说：“你管我。总之，送你的同学录你收好，我的同学录你给我写好。”

态度之蛮横，跟当初要她写800字检讨书时如出一辙。

带着晚上孔明灯祝福的滤镜，陆两两没有反抗，乖乖抱着两本同学录，回到表舅舅家。

两本同学录只有封面颜色不一样，其他都差不多。

封面上的图片老旧，她觉得自己猜测的生产日期应该没多大出入。

陆两两翻开顾律已说送她的那本，还真的是原汁原味的一本同学录。

一页是姓名、年龄、性别、爱好、家庭地址等个人档案信息，一页是同学寄语“你有什么话想对我说”。

当她翻到最后一页时，才看到他写的内容。

姓名：顾律已

年龄：17 周岁

星座：摩羯座

血型：AB 型

家庭地址：略

喜欢：陆两两

想对你说的话：

陆两两，你不是要答应我一件事吗？

也不耽误你学习。

等毕业后，你来追我吧。

我很容易追的。

你只要说出来，我马上就答应你。

她笑了笑，心里有些微微酸涩，脸上却漾起一抹明媚的微笑。

她翻开顾律己的同学录的第一页，提笔写下：

姓名：陆两两

年龄：17 岁

星座：双鱼座

血型：B 型

家庭地址：你知道的

喜欢：顾律己

想对你说的话：

虽然这辈子还很长，但顾律己，你看起来好像会是我遇见过的最大的幸运。

高考结束的那天，请你第一时间站在我面前。

那时候，希望你不要嫌弃我人生中的第一次告白。

高考成功。

祝我成功。

5

高考如期而至。

育德中学的学生大部分都被分在本校。

一大早，伴随着徐女士跟表舅妈女声双重奏的考试注意提醒，陆两两灌下去一杯豆浆、两个鸡蛋、一片吐司。

她回绝了两个人的送考，检查完没有东西遗漏，就晃晃悠悠地往育德中学走去。

这条路她已经走过无数次，今天却觉得它有点陌生。

交警叔叔们设置了路障，禁止私家车进入，执勤的口哨声不绝于耳。

神情紧张的家长们只能从车上下来，护着孩子亦步亦趋，赶往学校。

手臂上绑着红袖章的志愿者们穿梭在人群里，给每个考生发放矿泉水跟藿香正气丸。

街道两旁站着很多举着大广告牌的人，上面是复读机构的招生广告。

看到这里，陆两两嘴角抽动，高考都没开始，就在招揽潜在的落榜考生了。

这些人怕不是想被打。

进了学校，抢占校门口传达室这一风水宝地的李和章，迅速地把陆两两拉进大部队。

他附近已经站着许多同班同学，但没有看到南澄妙，也没看到顾律已他们。

“陆两两，今天感觉怎么样？身体没什么不舒服吧？”这句话李和章今天已经问了很多遍。

“没有，老师。我跟平常一样。”

“对的，对的。”李和章点头，“平时我们大考小考，市面上有的卷子我们基本全做过，就当这是一次平常考试来对待。老师相信你。”

后面几次模拟考，陆两两稳占学校第一名。

“试卷要是难，别人肯定也会觉得难；试卷要是简单，你得多仔细，别大意了。”

他最怕成绩好的学生不会做简单的题。

陆两两乖巧地一一点头。

李和章的心七上八下，他觉得再说下去，他的学生们不紧张也要被他说得开始忐忑了。于是，他又去人群中认领其他学生。

顾律已他们差不多是踩着点来的，刚进校门，考试准备铃声就响起。大家要去找各自的考场。

简单地相互检查每个人带的考试用具，确认无误后，六个人围成一个圈，手叠着手：“高考加油！”

而后，他们都踏着坚定的脚步，奔赴属于自己的战场。

两天的考试，终于尘埃落定。

陆两两交完英语试卷，从考场里出来，顾律己已经等在外面。

来来往往的学生们，脸上的表情或欣喜或悲伤，在陆两两眼中掠成一道道浮影。

仿佛全世界，只剩下长身玉立的少年，金黄色的余晖将他周身镀了一层光晕，有种岁月静好的感觉。

她一步一步，朝他走去。

往昔的画面在这短短十几秒钟内飞快闪过——

要她写 800 字检讨书的顾律己。

强装镇定说要去她家凉亭玩的顾律己。

跟老师们讨价还价的顾律己。

每天给她热牛奶的顾律己。

睡颜像是天使般无害的顾律己。

带她在黑暗中奔跑的顾律己。

除夕夜向她表白的顾律己。

和现在，等着她履行诺言的顾律己。

她走到顾律己面前。

“你好啊，顾律己。

“我喜欢你，请你跟我交往吧。”

陆两两日记：

2014年6月9日

顾律己，我对追人没什么经验，以后请你多担待。

顾律己读后感：

放心吧，陆两两，你在我这里一直都是优等生。

－全文完－

番外纪事

1

高考结束当天。

李和章正在校门口意气风发地接受市台记者的采访，他只是随意一瞥，就发现人群中顾律已跟陆两两十指交握走出来。

电视台的镜头顺着他的目光，捕捉到了这对新出炉的小情侣。

男生英俊帅气，一张偶像剧男主脸；女生娇小可爱，脸上的笑容明亮得刺眼。

市台记者迅速抛弃了还没回答完的李和章，把话筒对准了顾律已："这位同学，请问你对已经结束的高中生活，有什么要说的吗？"

顾律已神色温和："很感谢我身边的这位同学，帮助我鼓励我，让我确立了人生目标。"

"那么请问，你的人生目标是什么呢？"

跟陆两两在一起。

一辈子。

2

大一。

陆两两发消息给顾律己：有个学长，经常来给我画重点哎。

顾律己立马驱车赶来，等在她的宿舍楼下，带着她走遍 B 大的每一个角落。

那时候，顾律己的学校离 B 大半个小时车程。

大三。

陆两两发消息给顾律己：今天有个人在食堂里给我递告白的小字条哎，虽然字很潦草很难看。

十个小时后，顾律己出现在 B 大校园内，陪陆两两上了三天的课。

那时候，顾律己的学校离 B 大有八个时区。

顾律己："感谢海淀区人民的热心举报，望你再接再厉，再创佳绩。"

3

2015 年 3 月 20 日，是陆两两十八周岁。

顾律己："你长大了，崽，爸爸很欣慰。"

2017 年 2 月 20 日，陆两两二十周岁。

顾律己："你知道二十周岁的你意味着什么吗？"

陆两两摇头。

2018 年 12 月 25 日，顾律己的二十二岁生日。

他对陆两两说：“国家规定男性法定结婚年龄二十二周岁，女性法定结婚年龄二十周岁，这说明什么？”

陆两两歪着头：“说明我们可以领证了？”

于是，在这个圣诞节日里，世界上多了一对小夫妻。

4

顾律己在整理房间，无意中发现陆两两十七岁那年写的日记。

征得本人同意后，他一页页翻开，一篇篇地写下自己的读后感。

“我很感谢十七岁，你能来到我身边。”

图书在版编目（CIP）数据

春风别对我动心 / 笙歌著. -- 贵阳 : 贵州人民出版社, 2019.9
ISBN 978-7-221-15379-1

Ⅰ. ①春… Ⅱ. ①笙… Ⅲ. ①长篇小说－中国－当代
Ⅳ. ①I247.5

中国版本图书馆CIP数据核字(2019)第156694号

春风别对我动心

笙歌 / 著

出版统筹：陈继光
选题策划：大鱼文化
责任编辑：胡　洋
特约编辑：雪　人
装帧设计：刘　艳　孙欣瑞
封面绘制：Lmx-梅子
出版发行：贵州人民出版社（贵阳市观山湖区会展东路SOHO办公区A座 505081）
印　　刷：长沙鸿发印务实业有限公司
开　　本：880×1230毫米 1/32
字　　数：184千字
印　　张：9.125
版　　次：2019年09月第1版
印　　次：2019年09月第1次印刷
书　　号：ISBN 978-7-221-15379-1
定　　价：36.80元